아버지의
인생수첩

아버지의 인생수첩

초판 1쇄 발행 2016년 10월 1일

지 은 이 최석환
발 행 인 권선복
편   집 김정웅
교   정 심현우
디 자 인 이세영
마 케 팅 권보송
전 자 책 천훈민
발 행 처 도서출판 행복에너지
출판등록 제315-2011-000035호
주   소 (157-010) 서울특별시 강서구 화곡로 232
전   화 0505-613-6133
팩   스 0303-0799-1560
홈페이지 www.happybook.or.kr
이 메 일 ksbdata@daum.net

값 15,000원

ISBN 979-11-5602-420-0   03810

도서출판 행복에너지는 독자 여러분의 아이디어와 원고 투고를 기다립니다. 책으로 만들기를 원하는 콘텐츠가 있으신 분은 이메일이나 홈페이지를 통해 간단한 기획서와 기획의도, 연락처 등을 보내주십시오. 행복에너지의 문은 언제나 활짝 열려 있습니다.

아버지의 인생수첩

최석환

도서 출판 행복에너지

쉼에서 잠시 쉬는 동안 제 삶을 뒤돌아봅니다. 그리고 아들에게 쓴 편지글을 보냅니다. 인생이라는 망망대해 속에서 항해하며 거센 풍파를 맞이할 그들에게 등대처럼 삶의 방향을 비추어 주고 싶습니다.

지금은 주말 새벽 5시입니다. 출판사에 원고기한을 앞두고 있으니 글의 영감들이 막 떠오릅니다. 그래서 잠자리를 박차고 책상에 앉았습니다. 첫 책에 대한 기대감이 너무나 설레기 때문입니다. 고치고 또 고치고 나서야 드디어 이제 서문을 작성하고 있습니다.

어린 시절엔 빨리 컸으면 했지만, 막상 어른이 되어 보니 인생은 그리 길지 않아 보였습니다. 젊은 날들이 너무 빨리 흘러가버렸습니다. 거기에 중년의 고난을 한 번 맞이해 보니 삶은 더 소중하였습니다. 열정적으로 살아오다 우연히 겪은 한 번의 위기는 제 자신의 삶을 되돌아보게 해 주었습니다. 결과적으로 놓고 보면 참 감사한 일이 되었습니다. 사업실패로, 퇴직으로, 질병으로, 인간관계로, 취업실패 등으로 많은 고난을 마주칠 수밖에 없는 것이 인생입니다. 그런 인생에서 좋은 일보다는 힘든 일이 더 커 보이는가 봅니다. 힘든 일이 더 커 보이는 것은 좋은 일은 금방 잊히지만 나쁜 일은 기억 속에서 오래 머물기 때문일지도 모릅니다. 평범한 직장인인 저에게 좋은 추억들도 많았지만, 대수롭지 않은 일이었는데 상처가 크게 덧날 때도 있었습니다. 한동안 공황기를 겪을 땐 긴 터널 속에서 헤매는 것 같았습니다. 반성과 성찰의 시간을 보내며 세월이 한참 지난 후에야 모든 원인은 바로 저 자신에게 있음을 깨닫기도 하였습니다.

제겐 사랑하는 두 아들이 있습니다. 그들도 좋은 일과 나쁜 일을 마주치면서 저처럼 인생길을 걸어가야 합니다. 그런데 가족을 책임지는 사람은 삶이 힘들어도 포기할 수 없습니다. 역경의 순간이 와도 가족들을 위해 다시 일어서야만 합니다. 그래서 그들에게만은 삶은 희망이라는 단어를 들려주고 싶었습니다.

그래서 어느 순간부터 연필과 수첩을 가까이 두고서 인생 수첩을 적어 나갔습니다. 직장 탓에 아들이 중학교 이후부터 주 중에 함께 못 했던 지나온 삶들의 소회, 직장에서의 추억과 경험 그리고 나아갈 삶에서 바람직한 방향 등이 원고가 되었습니다. 이 글은 흔히 자식이 아버지에게 쓰는 반성문이 아니라, 거꾸로 아버지가 자식들에게 들려주고 싶은 글입니다. 사회 첫발을 내딛고자 하는 아들들과 동시대를 살아가는 젊은이들에게 조그만 제 경험들이 그들이 살아갈 인생에 방향과 향기가 되었으면 합니다.

　이 지면을 빌어 글쓰기에 입문토록 지도해주신 오병곤 사부님께 먼저 고맙다는 말을 전합니다. 부끄러운 글임에도 원고를 보시고 망설임 없이 추천서와 띠 글 그리고 사진을 주신 김동률 교수님, 박완규 수필가님, 편호범 수원대 석좌교수님, 주철환 교수님, 윤정호 전 르노삼성 부사장님, 시인 정순 친구, 마빈 킴 울산뉴스 사진기자님 등 아름답고 소중한 분들에게 깊은 감사인사를 드립니다. 그리고 격려의 말씀과 함께 원고를 흔쾌히 출간을 허락해주신 행복에너지 임직원분들께도 감사의 마음도 전합니다.

　마지막으로 지금껏 가족들에게 평안한 삶을 안겨주고 안식년을 베풀어 준 회사에도 진심으로 감사드립니다. 끝.

2016.8

최석환

박완규
(수필가, 언론인)

　자녀들의 얼굴은 어머니보다 아버지를 더 많이 닮습니다. 그런데 자녀들은 아버지의 외모만 닮는 것이 아니라 마음까지도 닮습니다. 그렇지만 어머니보다 아버지를 더 닮은 자녀들은 아버지보다 어머니가 더 편한 모양입니다.

　자녀들의 얘기를 직접 듣지 못하고 아내를 통해서 간접적으로 전해 듣는 아버지들이 많으니 말입니다. 그 까닭은 우리 아버지들이 감정 표현에 인색한 탓도 있을 것입니다. 마음속으로는 친구처럼 다정하게 굴자고 마음을 먹지만 막상 자식 앞에선 속과 다른 말이 튀어나올 때가 많으니 말입니다.

　자녀와 대화를 하자고 해놓고 훈계를 하고 있는 아버지의 모습도 우리에겐 흔한 모습입니다. 자녀와 대화를 하자고 해놓고 결국에는 화를 내고 있는 아버지의 모습도 남의 모습이 아니라 바로 내 자신의 모습일 때가 많습니다.

오늘 최석환 작가의 '아버지의 인생수첩'은 자녀들과의 소통에 어려움을 겪고 있는 이 땅의 아버지들에게 많은 지혜와 경험을 건네줄 것이라고 생각합니다.

최석환 작가는 어렸을 적 힘들었던 얘기와 고생했던 얘기로 글을 시작했습니다. 성공하고 근엄한 아버지의 모습이 아니라 누구에게도 보여주고 싶지 않은 자신의 속살을 보여주면서 아들과 대화를 시작하고 싶었던 것 같습니다. 그러면서 작가는 이 책에서 말했습니다.

"오십 대 중반을 보내고 있는 아버지의 마음은 허전하기만 하고 어깨는 갈수록 처지기만 한다. 그래도 살아가야지 않겠는가? …… 젊었을 때는 몰랐지만 오십이 넘어 남자 혼자 사는 생활은 참 외로울 때가 많다."

그렇게 자신이 요즘 느끼는 허전함과 외로움도 살짝 내비쳤습니다. 참으로 고급의 글입니다. 작가는 아들을 향해 일방적으로 가르치려고 하는 대신에 자신의 경험을 전해줌으로써 아들 스스로 느끼고 깨달을 수 있는 여백을 주고 있는 것입니다.

이 책은 인생이란 산을 오르고 내려오는 우리의 아들딸들에게 보내는 아버지의 응원 메시지입니다. 작가는 아들에게 전해주고 싶은 자신의 경험과 아쉬움과 당부를 이 책에 절절하게 담았습니다. 이러한 글이 보다 많은 사람과 만날 수 있는 기회를 갖게 되어 기쁩니다.

이 책을 읽는 내내 세상을 끌어안은 작가의 따스한 마음이 고스란히 느껴졌습니다. 그리고 현실을 깊이 통찰하고 재해석하는 예리한 시선도 느껴졌습니다. 그리고 고급의 용어가 아닌, 평범한 일상의 용어로 전해주는 다양한 빛깔의 이야기는 오랜 여운을 남겼습니다.

　우리가 세상을 살다가 힘들고 지쳐 있을 때 짧은 한두 줄의 글을 읽고 용기를 얻을 때가 있습니다. 그리고 삶을 변화시킬 힘을 얻을 때가 있습니다. 최석환 작가의 글을 통해서 이 땅의 많은 아들딸들이 이러한 지혜와 용기를 얻을 수 있었으면 좋겠습니다.

　최석환 작가의 '인생수첩'은 여기서 끝나는 것은 아닐 것입니다. 2권으로, 3권으로 계속해서 이어질 것으로 기대합니다. 작가 최석환이 전하는 희망의 이야기들이 이 땅의 아들딸뿐만 아니라 우리 모두에게 따뜻한 소망이 되기를 기도합니다.

2016.8

추천하는 말

편호범
(수원대 석좌교수, 전 감사원 감사위원)

제가 저자인 최석환 군을 처음 만난 것은 지난해 봄 학기 서강대 기술경영대학원 강의실에서였습니다. 당시 그는 나이가 든 학생이었고 저 또한 나이 든 교수로서 재무회계를 강의하게 되었습니다. 자기소개를 하라는 말에 다소 수줍은 듯 한국전력공사 계열 발전회사에 근무한다고 그가 말했을 때 문득 그에게 반가움을 느꼈습니다. 제가 공직 근무시절 한국전력공사를 담당해 온 경험이 있었기 때문입니다. 한국전력공사는 우리나라의 대표적인 공기업으로서 예전이나 지금이나 취업생들에게는 인기가 높은 최고의 직장입니다. 그러니만큼 한국전력공사에 들어가기가 무척이나 어렵고 직원들은 자부심이 높다는 것을 잘 알고 있었던 터였습니다.

최 군은 강의 기간 내내 젊은 동료 학생들 틈에 끼어 뒷자리에서 조용하게 청강을 하였습니다. 조용한 그의 모습에서 때때로 외로움이 배어 있는 것을 엿볼 수 있었습니다. 그런 그의 모습은 봄 학기가 끝나고 가을 학기 말에 열렸던 멘토의 날 행사에서 또다시 발견할 수 있었습니다. 트리오 리더로서 기타를 치며 노래 부르는 그의 모습에서 나타난 외로움의 근원이 어디서 오는지 궁금하였습니다.

그가 틈틈이 준비하여 이번에 출판하게 된 "아버지의 인생수첩" 원고를 한달음에 읽고 나서야 그의 외로움의 근원을 이해하게 되었습니다. 직장생활 때문에 필자가 사랑하는 가족들과 떨어져 많은 시간을 지방에서 혼자 생활해야 했기 때문이었던 것 같습니다.

이 책은 오십다섯 가지의 제목으로 구성되어 있습니다. 필자가 경험한 바를 토대로 자녀들에게 남겨주는 보배로운 교훈들은 문장 하나하나에 수많은 가르침이 담겨있어 많은 공감을 일으킵니다. 제일 첫번째 주제 "열여덟 개비 담배에서 얻은 약속"부터 흥미로웠습니다. 고교생인 둘째 아들이 담배 피우고 있다는 사실을 알았을 때의 대응방식이 눈길이 갑니다. 만일 제 아들이 똑같이 그러한 행동을 하였고 제가 이를 발견하였다면 어떻게 대응하였을까를 생각해 보았습니다. 아마도 평범한 다른 아버지와 같이 자식을 혼내며 닦달했을 것입니다. 머리에 피도 안 마른 녀석이 벌써 담배냐고. 앞으로 다시 한번 담배 피우는 것을 발견하면 가만두지 않는다고. 그러나 저자는 그런 행동 대신 아들 호주머니에서 발견한 담배를 들고 본인 자신이 아들 앞에서 열여덟 개비나 되는 담배를 모두 연거푸 피워대며 아들이 잘못을 인정하기를 기다렸습니다. 결국 자식으로부터 앞으로 다시는 담배 안 피우겠다는 진심이 담긴 약속을 받아 내었습니다. 자식에 대한 사랑이 내면 속 깊이 담긴 설득 방법이었습니다.

저자는 에필로그에서 말합니다. "열정적이고 행복한 삶을 살다가 돌부리에 잠시 넘어진 적도 있었습니다. 그러나 지나보니 이 넘어짐은 더 멀리 가기 위한 휴식이었습니다. 다시 절반의 세월이 기다리고 있다고 제 인생의 터닝포인트를 설정하라는 손짓이었습니다. 제 삶을 되돌아보면서 쓴 인생수첩은 사랑하는 두 아들에게 물려줄 정신적인 유산이 된 셈입니다."라고. 그의 아내에 대한 사랑, 자식에 대한 사랑, 직장에 대한 사랑, 동료들 간의 배려 등이 이 책 곳곳에 묻어나고 있음을 볼 수 있습니다.

제가 자식들에게 하고 싶었던 내용들이 고스란히 담겨 있어 이 책이 발간되는 대로 자식들에게 반드시 읽히려고 합니다.

2016.8

목차

Part 01

내가
살아온 길,
아들이
살아갈 길

01

열여덟 개비 담배에서
얻은 약속

어린 아들은 아버지와 했던 작은 약속을 지켜주었다.
아마도 그가 어른이 되었을 땐 아버지보다
훨씬 더 나은 삶을 살아갈 것으로 확신한다.
고맙기 그지없다.
사랑하는 나의 아들아!

직장인이면 누구나 그러하겠지만 한 주 중 제일 기다려지는 날은
금요일입니다. 저의 삶에서 어느 순간부터 금요일은 가족들을 만난
다는 설렘에 가득 차 있는 날입니다. 회사 내에서 초급간부가 된 이
후 지금까지 주말부부 생활이 이어지고 있습니다. 그래서 그런지 한
주 중 금요일이 시간이 제일 잘 가는 날이기도 하고 회사 업무도 재
미있게 느껴집니다.

삼십 대 후반의 삶을 살고 있을 때의 일입니다. 여섯 시 땡! 하면

팀장님께 양해를 구한 후 평소보다 회사를 일찍 나섭니다. 밀린 한 주의 빨래가 가득히 실린 자동차 시동을 걸고 네 시간을 달려가면 그리운 가족들이 있는 곳이 보입니다. 현관문을 열면 아내가 어김없이 저를 맞이합니다. 청주에 어렵게 마련한 24평짜리 전셋집입니다.

여러 지역을 전전하다 이곳 청주까지 이사 온 지 삼 년쯤 되었을 때입니다. 큰아들은 고등학생이었고 작은 녀석은 중학생이 되다 보니 아파트는 언제나 작아 보였습니다. 그래도 저에겐 세상에서 제일 포근한 보금자리였습니다. 더 넓은 평수로 이사를 가고 싶었지만 신혼 때부터 빈손으로 시작했거니와 주말부부로 두 집 살림을 하고 있었던 터라 통장 잔고는 마이너스만 쌓이고 있던 때였습니다. 덩치가 유난히 큰 둘째 아들이 고등학교를 진학하고부터는 아파트가 더 작아 보였습니다. 고민 끝에 은행 대출을 끼고서 분양한 지 십 년이 넘은 32평 아파트로 옮겼습니다.

새로 이사한 아파트는 너무나 커 보였고 각자의 방이 생긴 덕에 두 아들과 우리 부부의 사생활도 보장되었습니다. 그러나 주말에는 한 주의 피로 때문에 그리고 일요일 저녁에 다시 직장으로 가기 바빴기 때문에 이런저런 연유로 아들과의 대화가 없는 날이 더 많아졌습니다.

그날은 몹시도 추운 겨울날 주말이었습니다. 고등학교를 진학한 둘째 아들은 야간학습을 한답시고 12시가 다 되어서야 들어왔습니다. 현관문이 열리고 반가운 아들을 보자마자 반가운 나머지 아들을 포옹했습니다. 그 순간 아들의 입에서 나는 냄새가 저의 가슴을 철렁

내려앉게 했습니다. 담배를 끊은 지 수년이 지난 제 코는 니코틴 냄새를 알아차리기에 충분하였던 것입니다.

잠시 충격에서 벗어나 자연스럽게 아들 녀석에게 웃어 보이고는 가방을 놓고 거실에 모이도록 했습니다. 그리고 아내에게 아들의 교복을 가지고 오게 했습니다. 남편의 갑작스런 행동에 아내는 의아해하면서도 교복을 들고 나왔습니다. 아들 교복 주머니에서 찾아낸 것은 담배와 라이터였습니다. 아내와 큰아들은 놀라움을 감추지 못했습니다. 한마디로 가족 모두 충격 그 자체였습니다. 둘째 아들은 고개만 숙이고 있었습니다. 개봉한 지 얼마 되질 않았는지 담뱃갑은 아직 깨끗했고 세어보니 두 개비를 피고 집에 들어온 듯했습니다.

저는 그 자리에서 남아있는 담배를 피우기 시작했습니다. 추운 겨울날이기도 했거니와 몹시 화가 나 있었던 터라 거실 문도 열지 않은 채 피우기 시작했습니다. 피운 담배가 늘어날수록 거실은 희뿌연 연기로 가득 찼습니다. 수년 만에 피는 담배라 맛이 새롭기도 했지만, 늘어나는 개수에 목은 타들어 갈 정도로 아팠습니다.

아무 말 없이 열여덟 개비의 담배를 다 피우고 있는 동안 아내와 아들은 저의 행동을 제지하기 시작했습니다. 그래도 피웠습니다. 얼마나 피웠는지 모르겠습니다. 마침내 아들의 입에서 제가 듣고 싶었던 말이 나왔습니다. "아버지! 다시는 담배를 피우지 않겠습니다." 아내와 두 아들은 울었고, 저도 흐르는 눈물을 감출 수 없었습니다. 주말부부로 보내는 탓에 한창 사춘기 시절을 겪는 자식과 대화 한 번

제대로 못 해 본 자신이 너무나 안타까웠습니다.

　잠시 후 모두들 차분한 상황이 되었습니다. 아들에게 담배를 피우게 된 이유를 물었습니다. 이유는 단 한 가지였습니다. 고교 입학 후 담임선생님과 학교가 싫었다는 것이었습니다. 그러다 보니 성적이 좋지 않은 것은 당연한 일이었습니다.

　두 아들과 참 오랜만에 많은 대화를 가졌습니다. 제가 자라온 삶도 들려주었고 결혼 후 넉넉지 못한 형편에 주말부부로 살아갈 수밖에 없었던 이야기도 했습니다. 아직 나이가 어린 아들이라 아빠의 이야기를 깨달았는지는 모르겠지만, 아무튼 부자지간 오랜만에 가졌던 긍정의 시간이었습니다. 직장 탓에 여러 지역으로 옮기는 바람에 아들의 고향은 없어졌고 그러다 보니 학교생활 또한 적응하지 못했던 것이었습니다.

　지금은 어엿한 대학생이 된 둘째 아들은 그때 이후로 지금까지도 아빠와 약속을 지키고 있습니다. 담배만은 절대 피우지 않겠다는 결심을 아직도 지키고 있는 셈입니다. 오십이 넘은 이제야 아들에게 미안함을 담아 반성문을 보냅니다. 한창 자랄 당시 여유롭지 못한 삶을 주고 직장 탓에 빈번한 전학을 시킨 것도 정말 미안했다고 말입니다. 그리고 그때부터 아빠와 지켜준 작은 약속으로 아들이 어른이 되었을 땐 아마도 훌륭한 삶을 살아갈 것이라 믿어 봅니다. 그리고 고맙다는 말도 전합니다.

02

스테인리스 밥그릇이
주는 교훈

사십 년 세월 속에서도
무거운 스테인리스 밥그릇을 지니고 있는 이유는
밥그릇을 볼 때마다 더 이상의 욕심을 버리게 하고
가벼운 삶을 살아갈 수 있도록 가르침을 주기 때문이다.

저는 초등학교 4학년 무렵까지 경상도 어느 소도시에 살았습니다. 어머니는 서너 평 남짓한 구멍가게를 하셨습니다. 구멍가게 옆에는 생활하수가 흘러가는 도랑이 있었고 항상 불쾌한 냄새가 동네를 감싸 안고 있었습니다. 가게 옆에는 요정이 있었고 밤이면 멋진 정장을 입은 신사와 한복을 입은 아리따운 여자들이 많이 보였던 기억도 납니다.

저는 친구들과 놀다가도 오후 6시만 되면 어김없이 가게로 갑니다. 초저녁잠이 많은 어머니를 도와드리기 위해서였습니다. 손님이 뜸하고 가게 문을 닫을 시간이면 아직 꾸벅꾸벅 졸고 계시는 어머니가 잠에서 깨실까 봐 조용조용 문밖에 있는 사과 궤짝, 아이스크림 통 등을 가게 안으로 옮깁니다. 그런 소도시 생활에서 경찰공무원이신 아버지의 갑작스런 전근으로 어촌마을로 이사를 가게 되었습니다. 수십여 가구가 단출하게 모여 살고 있어 가족 분위기가 물씬 나는 부락이었습니다. 그 마을에서 구멍가게를 하던 소도시로 한 번 가려면 반나절은 족히 걸렸습니다. 제 기억에 버스를 타고 조그만 간이역까지 가서 다시 완행열차를 타고 한 시간 정도 가면 옛날에 살던 도시가 나왔던 것 같습니다.

이사 간 곳에는 목욕탕이 없던 터라 어머니는 저와 여동생을 한 달에 한 번 소도시에 있는 목욕탕으로 데리고 갔습니다. 목욕을 마치고 나면 재래시장을 들러 난전의 맛난 음식들로 배를 가득 채우곤 했습니다. 빠듯한 생활비 탓에 어머니는 항상 목욕을 가는 날을 맞추어 사과를 궤짝으로 구입하셨습니다. 어머니는 저와 어린 여동생을 데리고도 그 무거운 사과상자를 머리에 이고 기차를 타는 곳까지 걸어 갔습니다. 가뜩이나 작은 키에 무거운 짐과 어린 여동생까지 손을 잡고 가시기엔 힘에 부쳤을 법한데도 그날만은 어머니 얼굴에 행복이 가득했습니다. 아마도 어머니는 한 달간 가족들이 먹을 수 있는 간식을 사서 간다는 마음이 있었기 때문이었을 겁니다.

한창 자랄 나이라 학교를 마치고 집에 가면 항상 배가 고팠습니다. 그러다 보니 습관적으로 사과상자를 뒤집니다. 그러나 줄어드는 속도가 빨라서 함부로 먹을 수가 없었습니다. 행여나 하나를 먹더라도

내가 살아온 길, 아들이 살아갈 길

24

썩은 사과를 먼저 먹는 습관이 생겼습니다. 제가 많이 먹어버리면 나머지 세 식구가 충분히 먹지 못한다는 생각이 컸기 때문이었을 겁니다. 방과 후 집에 오면 꼭 확인해 보는 것이 상자 속 남아있는 사과의 개수였습니다.

6학년이 되어 저는 전교 어린이 회장을 맡게 되었습니다. 학교와 집까지 거리는 딱 십 리 길이었습니다. 어깨 너머로 가방을 메고 다니던 시절이라 점심시간에 도시락 통을 열면 밥에 김치 국물이 잔뜩 배어있었습니다. 그래도 너무나 맛있던 시절이었습니다. 그런데 제 짝지는 점심시간만 되면 슬그머니 나가서는 항상 말린 미역을 가지고 점심대용으로 먹고 있었습니다. 그 이유인즉 점심을 싸 올 정도 형편이 되질 않았던 것이었습니다. 그래서 짝지가 얼마나 힘들게 사는지 알아보기 위해 친구 자존심을 살펴가면서 어렵게 친구 집을 놀러가게 되었습니다. 저는 친구가 사는 모습을 보고 깜짝 놀랐습니다. 움막생활에 아버지는 병으로 아파 누워있었고 어머니 없이 동생들을 보살피며 사는 모습은 제가 상상한 그 이상이었습니다.

저는 바로 전교어린이회에서 불우이웃돕기 모금 안건을 올렸고 만장일치로 통과시킨 후 이를 교장선생님께 건의하여 모금행사를 하였습니다. 그 모금 결과 쌀 두 가마니와 기타 용품들을 모아 친구에게 전달하게 되었습니다. 제 친구는 너무 행복해했던 것으로 기억합니다. 이 일이 신문에 기사로 실리게 되었고 도교육감 상도 받게 되었습니다. 그때 받은 부상이 바로 스테인리스 밥그릇이었습니다.

어머니는 명절 제사 때마다 스테인리스 밥그릇을 등장시켰고 항상 자랑스럽게 이야기 하시곤 했습니다.

지금의 세상은 당시 저희들의 세상과는 다른 시대입니다. 풍족함이 넘쳐 부족함을 모르고 살아가는 세상입니다. 아마도 아들세대는 우리세대보다 더 많이, 더 힘들게 노력해야만 풍족함을 채울 수 있을 것입니다. 삶에 대한 만족감이 더 떨어진다는 의미입니다. 그럴 때면 가지고 있는 욕망을 잠시 내려놓고 주위를 한 번 돌아보길 당부해 봅니다. 돌아보면 나보다 더 힘든 고통을 안고 사는 사람이 너무나 많음을 볼 수 있을 것입니다. 그러면 지금 가지고 있는 부족한 마음은 줄어들 것이며 행복감은 더 커질 것입니다.

가볍고 보온성이 좋은 밥그릇은 이제 얼마든지 있습니다. 그러나 그 무거운 스테인리스 밥그릇을 사십 년이 지난 지금도 보관하고 있습니다. 이 그릇을 볼 때마다 제 자신이 보다 더 이상 욕심을 버리게 하고 가벼운 삶을 살아갈 수 있도록 가르침을 주기 때문입니다.

03

내가 살아온 길,
아들이 살아갈 길

삶이 어렵다는 것은 내가 어린 시절도 그랬지만
지금은 더 강팍하기만 하다.
그래도 가능성을 열어놓고 도전하라.
매일매일 마음의 끈을 죄라.

군 생활 막바지 무렵이었습니다. 과년한 처녀를 저렇게 놔둘 수 없다는 처가 조모님 걱정도 그렇거니와 저 또한 오랫동안 사귐만을 지속할 수가 없었습니다. 그런데 결혼을 하자니 아직 군 생활 중이었고, 더 큰 문제는 결혼할 돈이 없다는 것이었습니다. 부모님께 말씀을 드려봐야 뻔한 형편에 고민만 더 늘어나실 것 같아 궁여지책으로 군 퇴직금을 미리 대출 받았습니다. 5년간 군생활의 퇴직금은 오백여 만 원 남짓 되었습니다.

긴 연애기간이 끝나고 결혼식을 치렀습니다. 신혼집은 13평짜리 군인아파트였습니다. 방 하나에 연탄불이 딸려있는 낡고 작은 아파트였지만 두 사람이 거처할 수 있을 곳이 있다는 기쁨 하나만으로 만족했었습니다.

전역 시기가 다가올수록 직장을 구할 수 있을까 하는 두려움이 앞섰습니다. 행운이 있었는지 다행히도 회사는 무난하게 취직하였습니다. 그렇지만 군인아파트에서 나와 방을 구할 돈이 없었습니다. 직장을 담보로 신용대출 천만 원을 빌려 살림집을 마련하였습니다. 매달 삼십여 만 원을 급여에서 공제하는데 신입사원 급여로는 결코 녹록지 않은 돈이었습니다. 일 년을 그렇게 보내고 나니 대출이자에다 생활이 나아질 기미가 보이질 않았습니다.

어느 날 퇴근 후 아내는 제게 아이디어 하나를 제안했습니다. 전세금 천만 원을 빼서 초등학교 가는 길목에 학원을 차리겠다는 것이었습니다. 학원에는 방도 한 칸이 있어 살림도 가능하였습니다. 고민 끝에 그곳으로 이사를 하였습니다. 낡고 얇은 시멘트벽과 창틀로 방풍과 보온이 되질 않아 겨울이면 코끝이 시려 때마침 태어난 큰아들에게 미안했던 기억이 납니다. 여름이면 슬레이트 지붕 나사를 통해 물이 떨어져 양동이를 받쳐놓고 잠을 자기도 했습니다. 부엌 바닥은 내려앉아 식탁도 놓지를 못했습니다. 그런 환경에서 몇 년을 서로 열심히 살았습니다.

그러기를 수년이 흘러 대출을 끼고 작은 아파트 하나를 장만할 수 있었습니다. 결혼 직전까지 부모님 집이 없었던 까닭에 만약 제가 결혼하면 열심히 돈을 모아 제일 먼저 제 집을 가지는 것이 소원이었습니다. 드디어 소원 하나를 이룬 셈이었습니다. 내 집 장만의 뿌듯함은 세월이 한참 지난 지금도 잊지 못합니다.

다행히도 우리 세대는 경제성장에 업혀서 열심히 살면 먹고살 수도 있었고 집도 장만할 수는 있었습니다. 그리고 가난을 통해 근검이라는 습관도 몸에 배어있어 수입이 궁색하면 쓰지 않을 줄도 압니다. 그렇지만 아들 세대들은 그렇지가 못합니다. 풍요 속에 자라서 아마도 우리보다 몇 배 더 어려울 수도 있습니다.

작금의 세계는 신자유주의 물결로 승자의 독식시대가 되어버렸습니다. 노력해도 될까 말까 하는 시대가 왔습니다. 한정된 자리에 서로 간 경쟁으로 최고가 아니면 포기를 해야 하는 실정에 와 있습니다. 우리세대보다 수십 배 이상 노력해야 같은 자리를 차지할 수가 있는 세상이 되어버렸습니다.

열 명 중 아홉 명은 실직증후군pink slip paralysis을 가지고 있는 시대입니다. 우리만 그런 것이 아니라 전 세계가 불황의 늪에서 허덕이고 있습니다. 세계경제 침체와 맞물려 갈수록 일자리는 줄어들고 있고 공무원이 가장 안정적인 직업이 되어버렸습니다. 9급 공무원 시험은 수백 대 일이 되는 그런 세상이 와버렸습니다. 취업과 돈이 요즘 20대 이상 성인남녀의 가장 큰 걱정거리가 되어버렸습니다.

아버지 세대들 대부분은 무일푼으로 시작해서 지금껏 살아왔습니다. 그 당시에도 힘들다고 푸념하면서 살았지만 열심히 살다 보니 길은 열려 있었습니다. 삶이 어렵다는 것은 우리들의 어린 시절도 마찬가지였습니다. 하지만 지금은 더 강퍅하기만 합니다.

　그럼에도 사회 진출을 앞두고 있는 젊은이들은 세상이 아무리 힘들어도 결코 낙심하지 말기를 바랍니다. 자기가 갈 길을 확실히 정해놓고 다양한 가능성을 열어놓고 도전하며 마음의 끈을 더 조여보기 바랍니다. 성실로 만들어진 땀 속에선 반드시 성공의 열매가 맺힐 것이라는 확신을 갖고 말입니다.

아버지의 인생수첩

04

부모님은 언제나
우리 곁에 머물지 않는다

"나무는 고요히 있고자 하나 바람이 멈추지 않고,
자식은 봉양하고자 하나 부모는 기다려 주지 않는다."
『한씨외전』 9권.

어릴 적 어머니가 겪는 생활고는 무척이나 커 보였습니다. 경찰공무원이신 아버지의 박봉에 아무리 생활력이 강하다고 해도 빈곤에 허덕이는 삶을 사셨습니다. 저는 시골 중학교에서 대도시 소재 고등학교로 진학한 뒤부터 대학을 마칠 때까지 자취를 하였습니다. 어머니는 자식을 혼자 대도시로 보내는 것이 못내 걱정이 되었던 모양입니다. 하숙집 하나 못 구해준 것이 그렇게 마음이 아프셨는지 자취방을 왔다 갈 적마다 항상 눈시울을 붉히면서 되돌아가시곤 하셨습니다.

대학 3, 4학년 여름방학 시절에는 장교가 되기 위한 훈련을 받고 나면 동기들은 부모님이 있는 고향 집으로 가서 남은 방학 동안 휴식을 취하기도 하는데 저는 갈 집이 마땅치 않았습니다. 제가 결혼을 할 때까지 부모님이 소유한 집이 없었던 까닭이었습니다. 단칸방에 두 분이서 사시는 경찰공무원 시골 관사가 부모님 집이었기 때문입니다.

땀 냄새가 가득한 훈련복을 담은 군용 백을 메고 가는 곳은 고향 집이 아닌 자취방이었습니다. 그래도 부모님이 그리워 관사가 있는 곳으로 가면 딱 하룻밤만 자고 다시 올라옵니다. 성인이 된 아들이 하루라도 더 있으면 단칸방에 생활하시는 부모님들이 불편해하실 것 같았기 때문입니다. 저는 어머니와 지내는 하룻밤이 너무나 달콤했습니다. 같이 누워 밤늦도록 온갖 이야기를 털어놓으셨습니다.

부모님의 고달픈 삶은 아버지가 퇴직하시고도 계속 이어졌습니다. 오랜 공직생활로 받은 퇴직금은 그리 많지 않아 할 수 있는 것이라고는 작은 식당뿐이었습니다. 고된 음식장사였지만 노후에 두 분이서 먹고살기에는 그런대로 충분했습니다. 그런데 삶이란 것이 녹록지 않은 것인가 봅니다. 먹고살 만하니 어머니에게 병이 생기게 되었습니다. 암이 몸속에서 자라고 있었는데 저희 가족들의 무관심과 어머니 스스로 하셨던 자가 판단이 화근이었습니다. 그래서 어머니는 일찍 세상과 하직을 하여야만 했습니다. 돌아가신 다음 해에 저는 어머니가 살아생전 그토록 애타게 소원했던 과장 승진을 하게 되었습니다.

첫 발령지는 전라남도 여수였습니다. 여수는 먹거리가 정말 풍부한 곳입니다. 회식을 하고 술 한 잔을 걸치고 집으로 돌아올 때면 저의 눈에는 눈물이 하염없이 쏟아지곤 하였습니다. 조금만 더 사셨다면 이곳에 초청해서 산해진미를 마음껏 차려 드릴 수 있었을 텐데 하는 후회가 막급했기 때문입니다.

몇 년 전 몸이 무척 아팠을 때는 어머니를 모셔놓은 절을 자주 찾았었습니다. 절을 하고 나오면 얼굴에 묻은 눈물 자국이 찬바람과 마주칩니다. 법당을 나오면서 아직 덜 마른 눈물 자국을 말려주는 시원한 바람은 먼저 가신 어머니께서 저에게 다시 살아갈 용기를 주는 것만 같았습니다.

다행히 아버지는 정정하십니다. 제겐 아직 효도할 기회가 있는 것이 얼마나 다행이고 큰 위안이 되는지 모릅니다. 여든을 바라보는 아버님은 지금도 아파트 경비를 하고 계십니다. 교대근무에 힘드실 것 같아 이제 그만두시라고 해도 시간을 보내고 건강을 유지하는 데 이만한 일도 없다고 하시면서 즐겁게 일을 하고 계십니다. 하나밖에 없는 아들에게 짐이 되기 싫다는 깊은 마음을 읽을 때면 눈시울이 붉어지곤 합니다.

『한씨외전』에서는 "나무는 고요히 있고자 하나 바람이 멈추지 않고, 자식은 봉양하고자 하나 부모는 기다려 주지 않는다."라고 했습니다.

이 세상에서 가장 큰 사랑은 부모님의 사랑인 것을 누구나 알지만, 자식들은 사는 게 바쁘다는 핑계로 그것을 다 갚지 못하고 살고 있는 게 현실입니다. 저도 먹고살 만해서 효도 한번 해 보려고 했더니 어머니는 없었습니다. 부모님이 아들에게 하는 내리사랑은 익숙했지만 자식이 부모를 봉양하는 치사랑에는 미숙했던 자신이 부끄러웠습니다.

자식들은 기억해주길 희망합니다. 효도는 나 자신을 지키는 근간이 되며 미루어서는 안 되는 가장 중요한 것 중 하나라는 사실을 말입니다.

05

안녕한 하루는
축복

잃어버리기 전까지는 소중함을 깨닫지 못하는 것들이 참 많다.
건강이 그렇고 아무 일 없이 조용히 지나가는 하루가 그렇다.
당연한 평안함과 행복이 깨지면 그제야 비로소
그것이 얼마나 소중한 선물이었는지를 깨닫는다.
아무 일 없이 평범하고 안녕한 하루야말로 최고의 축복이요 진정한 행복이다.

　

벌써 강산이 두 번 변하는 걸 보면서 전기생산 업무에 종사하고
있습니다. 그런데 현장에서는 하루도 빠짐없이 크고 작은 위기들이
발생합니다. 설비사고도 일어나고 인사사고도 일어납니다. 출근해
서 아무 일 없이 퇴근할 때가 가장 행복한 순간입니다. 행여나 퇴근
후나 주말에 회사에서 전화가 오면 순간 놀랍니다.

삼십 대 후반 여수에서 근무하던 시절 이야기입니다. 여느 때와
같이 주말이라 집에 가고 있었습니다. 출발 전 설비에 문제가 있어

불안한 마음으로 출발했지만 그래도 괜찮겠거니 하고 여수를 떠나 대전까지 운전하고 왔습니다. 프라이드 중고차 성능이 그다지 좋지 않은 데다가 지금처럼 도로도 잘 구축되어 있질 않아 여수에서 대전 까지는 네 시간 족히 걸렸습니다.

대전에서 청주까지 삼십 분 정도만 가면 드디어 가족들을 볼 수 있다는 희망을 채 가지기도 전에 전화벨이 울렸습니다. 부하직원 의 다급한 목소리가 들려왔습니다. 설비사고가 나서 조치를 하다가 안 되어 전화를 한다는 것이었습니다. 조금만 더 가면 집인데 다시 차 를 돌려야 하나 하고 순간 혼란스러웠습니다. 그래도 여기까지 왔는 데 가족들 얼굴이나 보고 내려가야겠다고 생각하고 청주까지 갔습 니다. 청주에 도착하니 밤 열두 시가 다 되었습니다. 속옷을 갈아입 고 아내와 아들 얼굴만 보고 다시 여수로 출발할 수밖에 없었습니다. 내려올 때는 마음이 급한 나머지 세 시간 반 만에 회사에 도착했습니 다. 나중에 과속 딱지가 두 개나 날아올 정도로 달렸습니다. 고장 복 구에 여념이 없는 직원들과 합세하여 정상화에 주말 밤을 꼬박 샌 적 이 있었던 기억이 아직도 새록새록 납니다.

그 이후 십삼 년 만에 다시 여수에 발령받아 왔습니다. 그런데 삼 개월도 지나지 않았는데도 주말에 가족들에게 갔다가 급히 불려 내 려온 것이 벌써 세 번째입니다. 민원에다가 발전소 정지 건까지 십삼 년 전 일어났던 일들이 그대로 일어나고 있습니다. 그때는 과장 시절 이라 책임의 범위가 좁았지만 지금은 팀장이라 책임범위가 커져 더 힘겹기만 합니다. 밤늦게까지 해결책을 찾느라 회의를 거듭하면서 결론을 도출하고자 합니다. 이제는 나이가 있어 그런지 체력의 한계를 느끼기도 합니다.

그런데 말입니다. 우리에게 일어나는 세상일은 어떻게든 해결이 됩니다. 발생한 사건 사고들도 처음에는 도저히 답이 없는 것 같다가도 고민하고 또 고민하다 보니 실마리가 보이는 것을 보면 말입니다.

살아보니 행복은 참으로 단순합니다. 행복은 아무런 조건도 이유도 없이 우리 곁에서 언제나 발견할 수 있습니다. 잃어버리기 전까지는 소중함을 깨닫지 못하는 것들이 참 많이 있습니다. 건강이 그렇고 아무 일 없이 조용히 지나가는 하루가 그렇습니다. 당연한 평안함과 행복이 깨지면 그제야 비로소 그것이 얼마나 소중한 선물이었는지를 깨닫습니다. 아무 일 없이 평범하고 안녕한 하루야말로 최고의 축복이요 진정한 행복인지 모릅니다. 평범한 하루를 감사할 줄 아는 작은 행복에서 큰 행복이 엮어진다는 사실을 잊지 않는 아들딸들이 되었으면 합니다.

내가 살아온 길, 아들이 살아갈 길

06

일터로 가는
월요일 새벽 열차 속에서

남자는 마음으로 늙고 여자는 얼굴로 늙는다고 한다.
오십 대 중반을 보내고 있는 아버지의 마음은 허전하기만 하고
어깨는 갈수록 처지기만 한다.
그래도 살아가야지 않겠는가?
또 주말을 기다리며 일터로 가는 월요일 새벽 열차를 타야만 하는 것처럼
인생이란 결국, 혼자 가는 길이라고 위로도 해본다.

가족들과 보낸 아쉬운 주말을 묻어두고 월요일 새벽 다섯 시면 일어
납니다. 그리고 일터가 있는 곳으로 가기 위해 KTX 열차를 탑니다.
이른 아침이라 열차 속에서 다시 눈을 붙입니다. 한 시간 반 정도 눈
을 붙이고 나면 저절로 잠에서 깨어납니다.

구례까지 가는 동안 창밖을 봅니다. 초봄인데도 세상은 새하얀 눈
으로 덮였습니다. 차창 밖으로 스치는 풍경이 너무 아름다워 놓칠세
라 빨리 휴대폰 카메라를 눌러보지만 스쳐가는 풍경의 순간은 잘 잡

히질 않습니다. 포기를 하고 그냥 잠시 동심으로 돌아가 눈과 마음으로 풍경을 즐겨봅니다. 기와집 굴뚝에서 모락모락 피어오르는 연기가 어릴 적 옛 추억도 잠시 떠올리게 합니다.

순천을 지나면 아내가 싸준 도시락을 열고 아침 식사를 합니다. 식사를 마칠 때면 종착역에 도착합니다. 종착역에 내리면 저와 같은 처지의 회사원들이 많이 보입니다. 저마다 주말에 가족들과 보내고 새로운 한 주를 홀로 보내는 여수 총각들인 셈입니다. 사무실 문을 들어서면 활짝 웃으며 인사하는 직원들을 만납니다. 그들에게 받는 에너지는 새벽에 일어나 먼 길을 온 월요일 아침의 무거움을 멀리 날려 보내기에 충분합니다. 자리에 앉아 동료들과 함께 한 주를 무사히, 그리고 즐겁게 보낼 수 있기를 기도합니다.

제 나이 오십 초반부터는 하루하루 맞이함에 감사하는 습관이 생겼습니다. 직장이 있어 이렇게 출근할 수 있음에 감사하고, 직장에서 동료들과 하루를 같이할 수 있음에 감사합니다. 한 주간 일을 함으로써 가족들을 부양할 수 있어 더더욱 감사합니다. 그리고 나이가 들어갈수록 너그러운 인품의 향기를 가지고 베풂의 마음으로 살게 하길 기도해 봅니다. 늙어가더라도 지난 세월에 너무 집착하지 말고 모졌던 세월을 모두 즐겁게 안아 자기 인생을 사랑하며 살게 하길 소원해 봅니다.

젊었을 때는 몰랐지만 오십이 넘어 남자 혼자 사는 생활은 참 외로울 때가 많습니다. 갈수록 여성 호르몬이 많아지나 봅니다. 퇴근

아버지의 인생수첩

후 혼자 있으면 가족들이 보고 싶습니다. 그렇지만 그 누구에게 털어놓을 수도 없습니다. 외로움을 혼자 삼키면서 잠이라도 청하지만 가끔은 숙면을 못 취하고 불면증에 시달리기도 합니다.

　남자는 마음으로 늙고 여자는 얼굴로 늙는다고 합니다. 오십 대를 보내고 있는 아버지의 마음은 허전하기만 하고 어깨는 갈수록 처지기만 합니다. 그러나 갑작스런 폭풍이 몰려와도 쓰러지지 않고 가족들을 부양할 수 있도록 언제나 기도하는 마음으로 살고자 합니다. 날마다 하루 분량만큼만 즐거움으로 살고 그것이 인생의 가장 큰 행복이길 기도합니다. 아들들도 아버지 나이 때가 되면 아마도 이해가 될 것입니다.

07

아내 입장

아내는 영원한 친구다.
누구도 그 자리를 채워줄 수 없다.
그러나 많은 사람들은 고마움을 모르고 산다.
정말 보배처럼 받들어야 한다.
오풍연, 『새벽을 여는 남자』

주 중에 혼자 생활한 지 십수 년째 되는데도 퇴근 시간만 되면 걱정이 앞서는 게 한 가지가 있습니다. 그것은 월요일부터 금요일까지 어떻게 저녁 식사를 때울 것인가입니다. 사 먹는 것도 지긋지긋해서 스스로 밥을 지어 먹은 지 벌써 수년째 됩니다.

오늘은 회식도 없고 여전히 저녁을 해결해야 하는 터라 퇴근하면서 사택 근처에 있는 진남시장으로 갔습니다. 재래시장 난전에는 할머니들이 손수 캐 온 채소를 팔고 있습니다. 상가 건물에는 회, 생선구이 등을 파는 식당과 술집들이 밀집해 있습니다. 무엇을 살까 이리

기웃 저리 기웃하다가 먼저 김치가 떨어져 배추김치와 무김치를 구입하였습니다. 멸치볶음도 조금 구입하였습니다. 재래시장 옆에 있는 마트에도 들렀습니다. 쇼핑백을 들고 가판대를 지나가다 오뎅이 눈에 들어오는 순간 오늘 저녁은 오뎅 탕으로 정해버렸습니다. 오뎅 두 뭉치와 바디로션과 세제도 구입했습니다.

집에 도착한 후 시장을 본 비닐봉지들을 풀어 필요한 위치에 놓았습니다. 쌀을 씻고 불려놓는 동안 오뎅 탕을 준비하였습니다. 일주일치 아침밥을 미리 해 놓기 위해 쌀을 좀 더 많이 준비하였습니다. 팔팔 끓는 멸치국물에다 건더기로 오뎅 이외 만두도 넣었습니다. 묵은 김치와 파도 총총 썰어 넣었습니다. 소금으로 간도 맞추었습니다. 요즈음 음식을 할 때면 맛보다 양을 더 신경 쓰는 편입니다. 음식을 한꺼번에 너무 많이 하다 보면 혼자 두 번 먹기도 질리지만 버리는 것이 대부분이기 때문입니다.

오뎅이 익는 동안 반찬을 반찬 통에 옮겨 담고 음식물 쓰레기도 분리수거합니다. 압력 밥솥에서 밥이 다 돼가는 신호가 오면 불을 약하게 한 다음 뜸을 들이고 그 사이 반찬을 냉장고에서 꺼냅니다. 오늘 저녁밥 외에 나머지 화, 수, 목, 금 아침용 네 끼를 각자 그릇에 퍼서 랩에 씌운 다음 냉동실에 넣었습니다. 이럭저럭 식단이 차려지면 이마에 맺힌 땀을 닦아내고선 한 끼의 밥을 해결합니다. 혼자 먹는 밥은 맛보다는 배를 채우기 위해서 먹는 것 같아 순간 처량한 생각도 스쳐 지나가기도 합니다.

식사 시간은 십 분도 채 안 걸립니다. 식사 한 끼를 위해 시장에

가는 것부터 설거지까지 족히 서너 시간을 투자해야만 합니다.

식사가 끝나면 끝난 것이 아닙니다. 설거지까지 끝나면 이왕 땀을 흘린 김에 일주일치 방 청소까지 합니다. 진공청소기로 여기저기 굴러다니는 머리카락부터 제거하고 난 다음 걸레질로 구석구석 닦습니다. 방과 거실을 끝내려면 족히 서너 번은 걸레를 빨아야 합니다. 걸레질을 하다 보면 목욕탕에 쌓여있는 빨래가 보입니다. 몽땅 들고 세탁기에 집어넣습니다. 세제와 방향제를 넣고 물을 최저로 한 다음 스위치를 누릅니다. 삼십여 분 세탁이 되면 집 안 내에 모든 것이 정리됩니다.

마지막으로 완성된 빨래를 건조대에 널고 나서는 목욕탕으로 들어갑니다. 샤워를 하다 보면 또 목욕탕 여기저기에 핀 곰팡이들이 눈에 들어옵니다. 이왕 청소를 시작한 김에 목욕탕도 끝내자고 욕심을 냅니다. 고무장갑을 끼고 세제를 풀고 속옷만 입은 채로 여기저기 닦아냅니다. 그제야 샤워를 끝내고 방안에 들어오면 힘에 부쳐 누워 천장을 봅니다. 오십 대 초반 혼자 사는 남자의 저녁 시간은 이렇습니다. 때로는 참 지겹고 재미도 없습니다.

문득 아내가 생각납니다. 아내는 저를 만나서부터 지금까지 수십 년간 하루도 빠짐없이 집안일을 도맡아 왔습니다. 아이들도 어릴 적부터 혼자서 키워왔습니다. 그런데 저는 단 한 번도 아내에게서 짜증스런 말을 들은 적이 없었습니다. 아내는 그렇게 힘든 가사를 오랫동안 묵묵히 돌본 것입니다.

이번 주말에 집에 가면 가사 일을 꼭 거들어야겠습니다. 이참에 요리 솜씨도 한번 발휘해서 아내를 한 번이라도 편안하게 해 줄 것입니다. 오늘따라 아내가 더 보고 싶습니다. 누구도 그 자리를 대신할 수 없는 영원한 내 친구!

내가 살아온 길, 아들이 살아갈 길

08

아이들의 고모

훌륭한 심성을 가진 동생에게 저는 배울 점이 많습니다.
두 아들들이 커서 어떻게 형제간 우애를
펼쳐야 할지를 몸소 가르쳐 줍니다.
비록 형제일지라도 아무나 그렇게 할 수 없는
그런 고모를 저는 좋아합니다.

저희 아버지는 5형제 중 장남입니다. 가장 맏이는 누님 한 분이 계십니다. 어릴 적 기억에 저의 고모 집은 참 잘살았습니다. 막 노동을 했던 막내 삼촌과 저는 저희 집에 잠잘 방이 없어 고모 집 아래채 방 한 칸에 신세 진 적이 있었습니다. 가까운 친척이었음에도 눈칫밥을 얻어먹는 기분으로 살았습니다. 늦게 들어가서 잠을 자고는 아침에 나와 저희 집으로 와서 아침을 먹는 생활을 반복하였습니다. 삼촌과 함께 고모 집에서 자려고 하면 큰 채에서 웃음이 끊이질 않았고 그 당시 귀했던 제주산 감귤을 마음껏 먹는 모습에 어린 마음에 참 부럽기도 했었습니다.

고모 집에는 저보다 나이가 몇 살 아래인 늦둥이 남동생이 한 명 있었습니다. 고모는 우스개 소리로 "귤을 하도 먹어 우리 애는 오줌이 노랗다"고 할 정도 자기 자식을 귀하게 키우는 모습도 먼발치에서 보기도 했었습니다. 넉넉했던 살림에도 불구하고 귤 한 조각에 대해서도 형제와 조카에 대한 배려가 적었던 제 고모는 참 어렵고 조심스러운 분이었습니다.

제겐 형제라곤 여동생이 한 명뿐입니다. 여동생은 어릴 적부터 심성이 참 착했습니다. 신장이 안 좋아 부모님들이 걱정을 하면서 키웠습니다. 공부를 썩 잘하지 못한다고 제게 혼도 많이 났었습니다.

제가 중위를 달고 군복무를 하고 있는데 대학생이 된 여동생이 제게 면회를 왔었습니다. 저는 대학 졸업 후 장교로 군대를 와버려 집안 걱정 없이 생활이 가능했는데 여동생은 그렇지가 못했습니다. 여전히 안 좋은 집안 사정에 사립대학 학비마련까지 힘이 들었던 것이었습니다. 제게 어렵게 꺼낸 말은 학비 부탁이었습니다. 육군 중위 월급은 용돈 정도밖에 되질 않은 저로서는 결국 도와주질 못했습니다. 쓸쓸히 돌아가는 뒷모습은 수십 년이 지났음에도 아직도 기억에 또렷이 남아있습니다.

그런 동생이 지금은 대한민국 여자 경찰이 되어 있습니다. 늦은 나이에 동료 경찰관과 결혼해서 행복하게 잘 살고 있습니다. 때론 부부싸움을 했다고 하소연할 때면 오빠의 자격으로 간섭을 하고 싶지만 행여나 부부 사이가 더 덧나갈까 봐 모른 척하고 넘어가기도 합니다.

　여동생은 제 아들들을 자기 아들처럼 여기면서 삽니다. 큰아들이 어릴 적엔 결혼 전이었던 여동생이 자기 아이처럼 키웠습니다. 큰아들이 군대를 갔을 때는 그 바쁜 와중에도 휴가를 내고선 강원도까지 면회도 갔었습니다. 둘째 아들이 입대를 할 때도 입소 시 바빠서 얼굴을 못 본다며 둘째 아들이 만나기 위해 서울까지 가서 챙기기도 하였습니다. 평소 자기 자식들 챙기기도 바쁜데 조카들을 자기 아들처럼 챙깁니다. 평소에는 자기들끼리 카톡을 하면서 저보다 더 많은 정보를 가지고 있습니다.

　얼마 전 여동생은 몸이 아파 큰 수술을 했습니다. 아들 녀석들은 아픈 고모를 보고 마치 자기 엄마가 당한 것처럼 걱정이 태산이었습니다. 다행히 수술도 잘 끝나고 회복을 하고선 제주도 한라산 등반까지 완주했다고 합니다. 아이들은 고모가 좋아서 껌뻑 죽습니다. 항상 엄마 다음이라고 합니다. 아들들이 결혼한 이후라도 고모를 엄마처럼 챙겨주었으면 합니다.

　저의 고모와 아이들 고모는 똑같은 고모인데 참 다릅니다. 훌륭한 심성을 가진 동생에게 저는 배울 점이 많습니다. 두 아들들이 커서 형제간 우애를 어떻게 펼쳐야 할지를 몸소 가르쳐 줍니다. 아들들이 결혼해서 자식을 낳게 되면 그들에게 자식들은 삼촌이 되게 됩니다.

자기들의 고모가 가진 절반의 심성만이라도 지니고 간다면 참 훌륭한 삼촌이 될 것입니다.

　자기 것을 챙기기에도 바쁜 각박한 세상입니다. 가지지 못하면 부모조차도 살해하는 삭막한 요즈음입니다. 비록 형제일지라도 아무나 그렇게 할 수 없는 그런 고모를 저는 좋아합니다.

09

아들과 군대,
그리고 아내

군대 가는 것이 남자 인생에서는
가장 큰일 중 한 가지인 것 같습니다.
그래서 어른이 되어 술을 한잔 걸칠 때면
어김없이 군대 이야기가 나오는 모양입니다.

올 여름은 유난히도 덥고 깁니다. 수십 년 만에 찾아온 삼복의 한
더위에 지치게 하는 요즈음입니다. 밤에는 열대야로 몇 번이나 잠을
깹니다. 밤낮으로 에어컨이 있는 곳을 그립게 합니다.

며칠 전, 둘째 아들을 논산훈련소에 데려다 주고 왔습니다. 서 있
기만 해도 땀이 줄줄 흐르는 날씨에 모든 것을 체념하듯이 연병장으
로 들어가는 아들 모습이 자꾸만 떠오릅니다. 한 번이라도 더 아들
얼굴을 보려고 애쓰다가 보지 못한 채, 아들이 사라진 연병장을 쳐다
보면서 눈물을 훔치던 아내 모습도 잊지 못합니다.

저는 한여름의 훈련이 얼마나 힘이 드는지 잘 압니다. 제가 받았던 장교 훈련도 대학교 3, 4학년 여름방학 한 달간씩 입대하여 받는 것이었습니다. 게다가 임관 후에는 4개월을 더 받아야 했습니다. 총 6개월을 훈련만 받는 셈입니다. 특히 여름방학 훈련은 육체적 고통과 더위 두 가지 모두를 이겨내어야 합니다. 태양이 내리쬐는 한낮 동안은 갈증과 훈련에 시달리고 저녁에는 단체생활의 규율과 불편함을 극복해야 합니다. 입소 후 처음에는 거들떠보지 않는 찐 밥과 소금기가 가득한 뭇국도 시간이 지나면 먼저 줄을 서서 허겁지겁 먹습니다. 식사 후 잔반처리와 식기세척을 할 때면 음식물 찌꺼기 냄새가 더운 열기와 함께 코를 찌를 정도 역겹습니다. 둘째 아들도 아마 저와 다름없는 훈련을 받을 것입니다. 요즈음은 우리 때보다 훈련소 시설이 잘되어 있다곤 하지만 군대는 여전히 군대일 것입니다.

큰 녀석은 몇 년 전 한겨울에 입대를 하였습니다. 몹시도 추운 겨울날이었습니다. 그 당시 저는 몸이 무척 아팠을 때입니다. 저를 병간호하다가 입대를 하였기에 큰아들이 입대하는 모습은 보지 못하였습니다.

5주간 신병 훈련을 받고 난 뒤 이등병 계급장을 달 때는 힘을 내서 가보았습니다. 영하의 날씨에 연병장에서 신고식을 하는 군인들의 모습들이 눈에 들어왔습니다. 다시 회복할 수 있을지 자신 없었던 당시에는 먼발치에서 보는 것 자체가 서러웠습니다. 몸보다 마음이 더 약해져 있던 상태였기에 추운 날에 도열해 있는 아들 모습에 스스로 흐르는 눈물을 주체할 수가 없었습니다.

열병식이 끝나고 계급장을 달아주어야 하는데 발걸음이 떨어지질 않았습니다. 멀리서 주저앉아 울고 있던 저를 아들이 발견하고선 부동의 자세로 서있는 아들의 눈에도 하염없는 눈물이 흐르고 있음을 보았습니다. 겨우 가까이 가서 아들을 안고서는 서럽게 울어버렸습니다. 옆에서 보고 있는 아내도 하염없이 울었습니다. 흐느끼는 아들은 "아버지! 몸은 괜찮으신지요?"라고 물었습니다. 왜소한 체격의 큰아들 입에서 나오는 씩씩한 목소리가 저의 눈물을 그치게 만들었습니다. 그는 어느새 군인이 되어있었습니다.

아직도 겨울 끝자락이 남아있던 31년 전 삼월 달 부산역 광장에는 부산지역 예비역 장교 후보생을 광주까지 실어 나르는 군용열차가 대기하고 있었습니다. 수많은 인파들이 나와 소위가 되기 위한 훈련을 받으러 가는 이들을 격려해주고 있었습니다. 저는 한 여인을 만난 지 일 년을 못 채우고 긴 이별을 시작해야만 했습니다. 제가 대학교 4학년 꽃피는 봄에 2학년인 한 여학생을 만났고 다음 해 초봄에 임관을 하였기 때문입니다. 만난 지 일 년도 안 된 처지에서 앞으로 5년을 기다려 달라고 감히 말할 수도 없었습니다. 아직 서먹서먹한 사이였지만 부산역 플랫폼에서 저를 배웅하던 그 여학생이 눈물을 훔치고 있는 것을 보았습니다. 그렇게 긴 시간을 기다려 주었던 여학생이 바로 제 아내입니다.

한겨울에 두 남자를 군대를 보내고 한여름에 한 남자를 군대에 보낸 여자가 바로 제 아내입니다. 저는 세 번 모두 아내의 눈에서 흐르는 눈물을 보았습니다. 엊그제 둘째를 입대시키고 돌아오는 길에 아내는 한숨 쉬며 촌철살인과 같은 한마디를 하였습니다. 세 남자를 군대에 보내야 하는 내 팔자도 참 기구하다고 말입니다.

내가 살아온 길, 아들이 살아갈 길

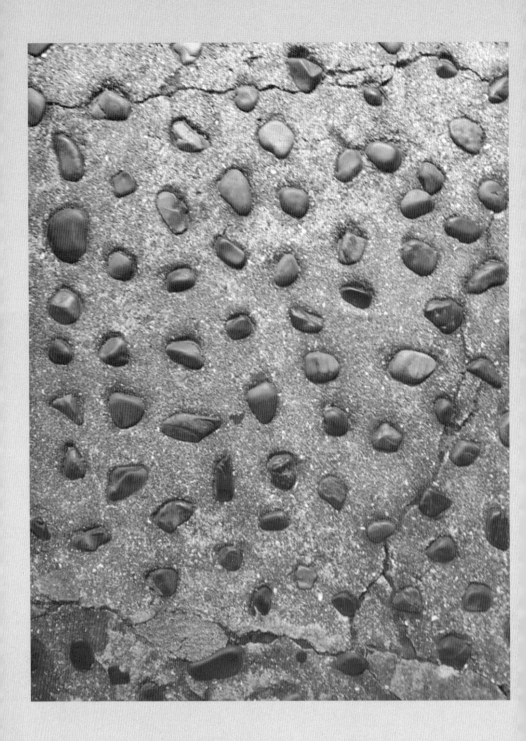

Part 02

소중한
인연은
챙기면서
가라

01

나와 타인과의 관계

성공한 삶이란
부모, 동료, 이웃들과
어떻게 연결되어 있느냐에 달려있다.
사람이 살아가는 데 있어
최고의 만족과 자산은
좋은 사람과의 관계이다.
아름다운 관계 속에서만
우리의 삶은 그 맛이 더해갈 것이다.

얼마 전 TV로 법륜스님을 뵈었습니다. 스님의 수행과정을 담은 다큐멘터리 특집이었습니다. 평소 TV시청을 잘 하지 않는데도 그날은 한 시간 반 동안 꼼짝하지 않고 보았습니다. 법륜스님이 들려준 인생의 해답 한 가지를 이야기하고자 합니다.

우리는 눈을 뜨면 하루 동안 수많은 사람과 만나면서 살아갑니다.

사람마다 행복의 가치기준이 다르고 삶의 방식도 다릅니다. 태어난 곳이 다르고 자라온 환경이 다르며 그러다 보니 성격도 다 다릅니다. 다른 사람과의 관계 속에서 하루를 보내는데 내 마음에 드는 사람만 만나면 얼마나 좋겠습니까? 그런데 그렇지 못한 것이 삶이기도 합니다. 그러다 보니 개인별로 느끼는 스트레스는 천차만별입니다. 법륜스님께서 스트레스를 가장 적게 받는 방법을 알려주셨습니다. 나를 기준으로 상대방 평가를 하지 말라는 것입니다. 다름을 인정하고 함께 가려는 마음을 키워야 한다고 했습니다.

회의 때마다 만나는 동료가 있습니다. 그 사람의 얼굴에는 편안함보다는 번뇌가 가득 차 있습니다. 그 이유인즉 같이 근무하는 직원이 자신의 의견과 맞지 않으면 배척하는 성격 탓이었습니다. 그러다 보니 매일 출근하면 스트레스와의 전쟁을 치를 수밖에 없었습니다. 안타까운 마음에 법륜스님의 말씀도 전해봤습니다. 좋고 싫은 감정을 밖으로 드러내지 않아야만 훌륭한 사람인 것은 아니지만, 좋고 싫은 감정에 너무 끌려다니면 거기에 속박을 당하게 되고, 그러면 나에게 손해라는 말도 해 주었습니다. 그런데 타고난 성격을 고치기가 참 힘든 모양입니다.

오늘 하루 만남의 주인공은 바로 내가 되어야 합니다. '저 사람은 왜 저렇게밖에 못하지? 나 같으면 이렇게 할 텐데 왜 틀리게 하지?'라고 시비를 거는 대신 '아, 저런 사람도 있구나.' 하고 무시를 하여야 합니다. 나에게 피해를 주지 않는다면 같이 있어 대화할 수 있어 좋고 하루를 같이 보낼 수 있어 행복하다고 생각하십시오. 그러면 곁에 있든 없든 아무런 상관없이 언제 만나든 편할 수 있습니다.

그런데 나에게 피해를 주는 사람만은 다릅니다. 맞서지 말고 피해야 합니다. 상대를 미워하는 대신 그대로 인정하고 놓아주십시오. 그러면 나에게 피해를 주는 사람과 원수질 일도 없고 내 마음도 편안해집니다. 주관적인 잣대를 내려놓아야 내가 편해집니다.

지나고 보니 세상의 모든 근심과 걱정은 사람으로 인해 생기는 번뇌였습니다. 따라서 미움, 사랑, 원망 등 인간관계에서 긁힌 상처는 인간관계로 풀면 해결이 됩니다.

『미움받을 용기』의 저자 기시미 이치로·고가 후미타케는 모든 사람에게 사랑을 받으려고 하지 말라고 하였습니다. 왜냐면 그것이 이루어지지 않으면 항상 괴로움에 허덕이기 때문입니다. 현명한 사람은 자기가 사랑을 받으려면 먼저 자신을 사랑해야 하고 칭찬을 받고 싶으면 먼저 자신을 칭찬해야 한다는 것을 압니다. 그리고 그 누구도 원망하지 않는 마음가짐을 가져야 합니다. 그 마음을 우리는 초연한 마음가짐이라고 합니다. 이는 모든 일이 잘 풀린다고 해서 순간 흥분하거나 거만하지도 않습니다. 반대로 고난과 힘듦이 온다고 해도 힘들어하거나 낙담하지 않습니다. 평소 삶에 대한 태도가 쌓여서 나타나는 결과가 초연한 마음가짐입니다.

아들딸들도 살아가면서 많은 사람을 만날 것입니다. 귀인과 은인은 드물게 있지만, 악인과 천인은 흔하게 널려 있습니다. 서로가 맞지 않을 때는 다름을 인정하면 됩니다. 행여나 그들과의 사이에서 안 좋은 일들이 생길 때면 '내가 부족한 탓이오.'라고 하면서 내 마음부터 닦아 나가시기 바랍니다. 그러면 그 스트레스로 인한 고통은 더 빨리 사라지게 됩니다. 결국 이 세상에서 나를 가장 기쁘게 해 주는 것도 사람이고, 나를 가장 힘들게 하는 것도 사람입니다.

악인과 천인은 자연스레 피하고 부디 좋은 사람과 아름다운 인연을 맺어 마음 편하게 살아가길 바랍니다.

소중한 인연은 챙기면서 가라

인문학적 사고로 소통하라

요즈음 트렌드는 융합과 소통의 시대이다.
서양 문화에 동양의 인문학적 강점을 섞는다면
미래 융합의 시대, 통섭의 시대에 대비한
바람직한 소통문화 형성에 도움이 될 것이다.
동서양을 이해하는 인문학적 사고로
인간관계 이해가 필요한 때이다.

우리 일상 속의 인간관계는 참으로 복잡하기 그지없습니다. 나날이 발생하는 뉴스 속을 들여다보면 모든 갈등은 인간관계에서 일어남을 볼 수 있습니다. 그래서 인생살이에서 가장 힘든 것 중에 하나가 인간관계인 모양입니다. 태생이 다르고, 자라온 환경이 다르며, 성격도 다르고, 나이도 다릅니다. 그러다 보니 저마다 사람에 대한 판단이 다릅니다. 내게 좋은 사람, 편안한 사람, 참 어이가 없는 사람, 이해가 안 되는 사람 등등…. 이러한 사람 속에서 우리는 하루를 같이 보내야 합니다.

얼마 전 'EBS 지식채널e' 작가로 활동 중인 김명진 작가의 '동양과 서양의 차이로 본 철학' 강의를 들은 적이 있습니다. 그분은 동양과 서양 사람의 차이를 통해 인간관계를 이해하는 법을 들려주었습니다.

미국 일리노이, 샌프란시스코, 영국 런던 등에 살고 있는 서양권 사람은 우주를 텅 빈 공간이라 생각하는 반면 일본, 한국, 중국 등에 살고 있는 동양권 사람은 우주에 기氣가 존재한다고 생각하고 있습니다. 동양에서는 우주 공간에 있는 모든 것이 각각의 에너지가 존재하는 것으로 보고, 눈에 보이지 않는 세상을 인정하고 있다는 것입니다. 이러한 인식의 차이로 인해 서양에서는 18세기 후반까지도 밀물과 썰물의 차이를 알지 못했지만 중국인들은 고대부터 이를 인식해 왔다는 것입니다.

또한 서양인은 명사로 세상을 바라보았고 동양인은 동사로 세상을 바라보고 있다고 합니다. 한 예로 과거 우리 세대가 고교시절 반드시 읽어야 했던 성문종합영어 앞장을 보면 셀 수 있는 명사와 셀 수 없는 명사가 나옵니다. 우리들은 명사에 복수와 단수가 뭐가 그리 중요한지 납득이 안 되지만 서양에서는 명사에 단수와 복수를 따지고 있음을 알 수 있습니다. 이는 서양에서는 개체성을 강조하고 집합에 의미를 두고 있다는 뜻입니다. 하지만 동양에서는 개체성이 없이 일체성과 관계성을 강조하면서 살아왔습니다. 영어를 잘하려면 명사만 많이 외워도 잘할 수 있다는 의미이기도 합니다.

김 작가는 2007년 버지니아 공대 재미한국인 조승희 영문과 학생의 총기 난사 사건을 예로 들었습니다. 32명의 희생자를 낸 교내 최대 사망사건 후 미국에서는 단지 그 학생 본인의 정신적인 문제라고 사건을 분석하였습니다. 그런데도 정작 우리나라에서는 촛불시위뿐만 아니라 국내 언론에서는 원인을 분석한답시고 야단법석을 떨며 의미를 부여했다고 합니다. 하도 야단법석을 떠니 미국에서는 '제발 이제 한국에서는 미국에 더 이상 사과하지 마세요.' 라고 당부하기도 했다고 합니다. 우리나라 신문을 보는 외국인들은 우리나라에서는 너무 스토리가 많다고들 합니다. 동양인은 관계성을 중시하는 문화가 그 까닭이라고 하겠습니다.

　　서양의 개체성 위주의 사고는 과학의 발달을 가져온 원인 중 하나이기도 합니다. 물리학적으로 사물은 쪼개면 원자가 됩니다. 원자의 특성에 따라 사물이 달라진다는 것입니다. 물체가 움직이는 것이나 물이 뜨는 것도 속성이 다르기 때문이라고 합니다. 풍선이 날아가는 이유에 대해 서양인은 풍선 속에 있는 바람이 빠진 것으로 보고 있습니다. 내부 속성에 달려있다는 서양인 뇌의 인지기능 때문입니다. 반면에 동양인은 풍선이 날아가는 이유를 바람이 불어서라고 합니다. 주변을 둘러싼 관계성을 중시하는 뇌의 인지기능이기 때문입니다.
　　동양인은 배경을 중시한다고 합니다. 호랑이를 볼 때 동양인은 호랑이 한 번 보고 다음은 주변 환경을 꼭 본다는 것입니다. 동양인은 항상 자신을 둘러싼 환경에 따라 달라진다고 생각한다고 합니다. 입

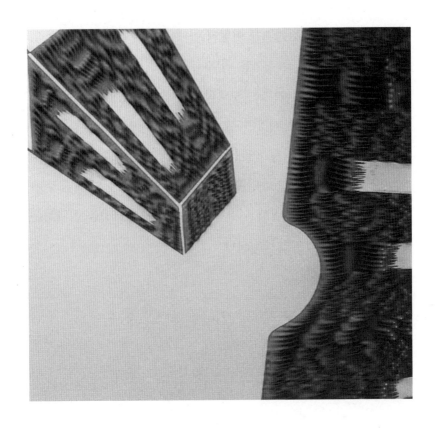

장에 따라 거의 모든 일이 결정된다고 믿어, 세상의 주변을 살피는 눈치가 발달해 있기 때문입니다. 그러나 서양에서는 개인이 세상의 중심이라고 생각하고 있습니다. 예를 들어 사진을 찍어 달라고 하면 동양인은 인물구도를 어느 주변 환경에 넣을 것인가를 고민하는 반면 서양인은 얼굴을 크게 찍는다는 것입니다.

전공에서도 경영학이나 법학도는 서양의 사고를 지녔으며 예술가 등은 동양의 사고를 지녔다는 차이가 있다고 합니다.

이쯤에서 저는 인간관계를 어떻게 이해를 해야 할지 깨달을 수 있었습니다. 그리고 가장 가까운 아내에게 한 번 적용해 보았습니다. 저는 자연과학도이고 아내는 경영학도입니다. 예상한 아내는 다소 이기적인 성격을 지닌 서양인 사고를 가졌을 것이라고 생각했는데 그것이 맞아떨어졌습니다. 아하! 진즉에 이렇게 이해를 했더라면 수십 년간 살아오면서 일어났던 아내와의 소소한 마찰을 다소 줄일 수 있겠다 싶었습니다. 복잡한 인간관계 소통에도 동서양을 이해하는 인문학적 사고가 필요한 때입니다.

03

잘되는 상대도 인정할 줄 아는
사람으로 커라

정당하게 했다면 잘되는 사람도 존중해 주는 그런 사회를 만들어 가야 한다.
분야에서 성공한 사람은 나름 열심히 했기에 이루어 낸 것이다.
그런 사람을 인정할 줄 알아야 나중 나 자신도 대접을 받을 수가 있다.
그럴 때만이 우리 젊은이들이 살아가는 미래는
밝고 예측 가능한 성장이 있을 수가 있지 않겠는가?

우리나라는 OECD 국가 중 가장 나쁜 뉴스가 많은 나라라고 합니다. 내가 배가 고픈 것은 참을 수 있지만 남이 잘되는 것을 참지 못하는 국가라고 합니다. 잘되면 내 탓, 잘못되면 남의 탓으로 돌리는 사회가 과연 어디로 가려고 하는 것일까요? 이 좁은 국가에서 진실이 무엇인지 가리기 전에 SNS 발달로 각 개인들에게 순식간에 도배되고 마는 시대이기도 합니다. 마치 진실인 양 떠들어대다가 아니면 말고 식입니다. 주위 사람들이 잘되는 것을 비방하고 흠집 내려고 하는 습관들이 관습처럼 되어 있습니다. 특히 내 사람이 아닌 사람이 잘되는 모습은 더더욱 인정하질 못합니다. 그러다 보니 희생양이 되어 상처투성이 채로 아파하는 사람들이 갈수록 늘어나고 있습니다. 언론도 한몫을 제대로 하고 있습니다. 아무도 이를 견제할 만한 장치나 세력도 없습니다. 보다 나은 사회 문화적 환경을 조성하고자 하는 마땅한 리더십도 사라지고 있는 상태입니다.

얼마 전 카이스트 박사 출신에 아주 젊은 나이에 대기업 상무가 된 엘리트 한 사람의 자살 소식을 접했습니다. 너무 일찍 승진을 했다는 것이 그 이유였습니다. 거기에 SNS도 일조했습니다. 내가 먹지도 못한 것은 한번 찔러나 보자는 심보였습니다. 성실하게 공부만 하다가 사회악을 접해보지 못한 내공이 약한 엘리트들이 한번 상처를 받으면 회복하기가 불가능한 사회가 되어버린 것입니다.

함께 나아가는 세상이 아니라 같이 무너져보자는 사회가 되고 있습니다. 이런 사회는 노력하지 않는 사람들이 더 많아지게 됩니다. 평범하고 가만히 있는 것이 본전이라는 생각이 지배적인 것입니다.

요즘 초등학교에서 일어나고 있는 일입니다. 한 학년이 시작되고 새로 반이 짜여져 새로운 얼굴들을 만납니다. 우리 때 같았으면 그 친구가 집안이 가난한지 부자인지 알려고 하지도 않았고 그냥 친구 자체로서 좋았습니다. 그런데 요즘은 전혀 그렇지가 않다고 합니다. 초등학교에서는 상대방의 집에 외제차가 있는지 아파트 평수가 몇 평인지를 먼저 묻는다고 합니다. 그런 다음에 서로가 대등한 관계라

고 하면서 친구 하자고 한답니다. 이를 가르치고 있는 선생님들도 어찌할 수가 없다고 합니다. 가정의 밥상머리 교육에서 이미 숙련되어 온 학생들에게 공교육의 역할은 점점 멀어질 수밖에 없음을 깨닫는다고 합니다.

이미 우리들 세상은 옛 조상들의 밥상머리 교육효과는 기대조차 할 수가 없으며, 공교육 내에서는 이미 인성교육마저 사라지고 있는 실정입니다. 참 안타까운 일이 아닐 수 없습니다. 초등학교 학생의 인성이 이러할진대 오로지 나만 존재하는 사회는 갈수록 더할 수밖에 없습니다. 게다가 치열하게 경쟁해야만 살아남는 사회인지라 우리라는 공동체는 점점 사라지고 있습니다.

나보다는 남을 먼저 배려하고 우리라는 공동체 속에서 둥글게 살아가는 문화는 점점 없어진 채 험난한 세상이 되고 있습니다. 이 나라를 걱정하는 소위 지식인인 교수님들은 말합니다. 우리나라가 짧은 시간 내 거대 성장한 것에 대한 후유증이며 정신적인 폐해라고 주장합니다. 그러면 누가 곪아가는 병을 치유해야 할지를 묻지 않을 수 없습니다. 누군가는 이를 치유해야 합니다. 그에 대한 해답이 하나 있습니다. 힘들겠지만 아직 세상에 때 묻지 않은 우리 자식들이 해나가야 한다고 봅니다. 남을 배려하고 정의를 생각하며 좋은 심성을 가진 이 땅의 젊은 청춘들이 말입니다. 분야에서 성공한 사람은 나름 열심히 했기에 이루어 낸 것입니다.

　정당하게 했다면 잘되는 사람도 존중해 주는 그런 사회를 만들어 갑시다. 그래야 나중 나 자신이 대접을 받을 수가 있고 우리 젊은이들이 살아갈 미래도 밝고 예측 가능한 성장이 있지 않겠습니까?

04

내가 스승이 되는
삶을 살아라

조직에는 스승이 많아야 한다.
그래야 향기가 나는 조직이 될 수 있다.
경쟁만이 난무하고 진정한 스승이 없는 조직에서는
삶의 향기는 오래지 않아 가뭇없이 사라지고 말 것이다.

학교뿐만 아니라 직장에서나 심지어 정치에서도 멘토mentor라는
것이 있습니다. 직장에서는 아직 아무것도 모르는 신입직원이 들어
오면 조직의 장이 선배직원들 중 유능하고 모범적인 직원을 붙여줍
니다. 그 일에 능숙해질 때까지 몇 달간 곁에서 적절한 조언을 해 줌
으로써 두려움을 없애 주는 역할입니다.

저도 신입사원 때 만났던 멘토를 생생하게 기억합니다. 그 멘토
분은 아주 일처리가 능숙한 선배였던 것으로 기억합니다. 유능했던
일처리 때문인지는 모르겠지만 그분은 조직 내에서 상위 직급까지
승진하고 퇴직하였습니다. 최고의 멘토는 길을 헤매지 않고 바른길

을 알려주는 내비게이션과도 같습니다. 이처럼 멘토와 멘티 관계는 지적 능력이나 사물을 보는 관점 또는 자질이 좀 더 나으면 그것으로 족합니다. 그런데 긴 인생을 한 조직에서 보내면서 멘토보다 더 필요한 것이 하나 있습니다. 멘토 수준을 뛰어넘는 인생의 등불 같은 스승 같은 존재입니다. 학교라는 조직에서는 스승과 제자는 당연히 존재하지만 직장에서는 내가 존경하는 분이 스승이고 내 자신이 제자가 되는 것입니다. 스승과 제자의 관계는 멘토와 멘티 관계와는 다른 차원이 있습니다. 스승과 제자의 관계는 무엇보다 인격적으로 깊은 신뢰가 형성되어야 만들어집니다. 아무런 이해타산이 없는 사랑을 바탕으로 한 인격관계가 먼저 형성되어야 합니다.

이때 스승에게는 삶과 사물에 대한 탁월한 식견과 통찰로 제자에게 삶의 방향을 제시하고 이끌어 주는 것이 요구됩니다. 제자로 하여금 삶의 아름다움과 경이로움 속에 빠져들고 내적 감동을 일으키고 그 경지를 향해 나아갈 수 있도록 에너지를 끌어올리는 데 도움을 줄 수 있어야 합니다.

얼마 전 스승의 날 때 아들 녀석에게 요즘 스승의 날 기념행사는 하느냐고, 스승의 날 교수님들께 꽃을 선물했느냐고 했더니 스승의 날이 지났는지도 모르고 있었습니다. 선생님들끼리 자축하는 행사로 전락한 지 오래되었다고 합니다. 이처럼 요즈음은 학교에서도 존경하고자 하는 제자도 없을뿐더러 존경하는 스승은 더 찾기 힘들다고 합니다.

학교에서도 이런 실정인데 상하관계 뚜렷한 직장 내에서는 더더욱 찾기가 힘든 것은 사실입니다. 슬픈 현실이지만 직원들은 하루 내 자기 일만 하다가 일과를 종료하면 얼른 가정으로 돌아가려 합니다. 너무나 개인적이고 현실 지향적인 것으로 채워지는 사회적 변화로 인해 직장 내에서 스승을 통해 나 자신을 발전시키고자 하는 마음 자체가 사라져 가고 있습니다.

상위 직급의 사람은 직장에서 나름대로 성공한 사람이기에 스승으로 삼을 수 있는 표본이 될 수도 있습니다. 하지만 존경심과 비례관계가 형성되어야 함에도 그렇지가 못한 경우들도 적지 않습니다. 오히려 더 개인주의적이고 욕심만 많은 사람도 있습니다. 계급이 높을수록 개인의 욕망을 좇는 삶을 살아왔기 때문일 수도 있습니다. 이런 조직 사회에서 요즘 젊은 직장인들은 스승에 대한 간절한 목마름도 없고 애써 찾고 싶은 생각도 없는 것처럼 보일뿐더러 나름 스승의 역할을 해보려는 직장 상급자나 선배도 찾기도 어려워 보입니다. 대부분 어지러운 세상을 떠나 조용한 곳에서 숨어 지내는 유인幽人의 삶을 살아가고자 하는 느낌입니다.

살면서 삶이 어렵고 버거운 때면 어둠 속에서 빛을 줄 스승이 필요할 때가 있습니다. 인생의 중요한 시점에 힘이 되는 존재를 만난다는 것은 그 자체가 크나큰 행운입니다. 저도 사회생활을 하면서 수많은 사람을 만났지만, 진정으로 존경하는 스승과 같은 분은 몇 명 없습니다. 그분들은 항상 조언과 가르침을 주셨을뿐더러 한때 삶의 방향을 잃었을 때도 떠나질 않고 제 곁에 머물러 있었습니다. 제겐 참

소중한 인연은 챙기면서 가라

으로 감사한 사람입니다.

　머지않아 사회생활을 시작하려는 우리 아들딸들도 나만의 스승을 만들어 가는 삶과 내가 스승이 되는 삶을 영위해 주길 바랍니다. 그런 사람이 많은 조직은 맑은 향기가 피어오릅니다. 경쟁만이 난무하고 진정한 스승이 없는 조직에서는 오래지 않아 그 향기가 가뭇없이 사라지고 말 것입니다.

05

똑똑하게 화내는 법

분노는 남에게 던지기 위해
뜨거운 석탄을 지니는 것과 같다.
결국, 상처를 입는 것은 나 자신이다.
- 석가모니 -

화는 백해무익입니다. 저도 한때 화로 인해 상대에게 상처를 준
적도 있었고 그것이 부메랑이 되어 돌아와 깊은 슬럼프에 빠진 적도
있었습니다. 한편 상대방의 공격으로 인해 스스로 평정을 잃은 적도
많았습니다. 살다 보면 별의별 일이 다 일어나게 됩니다. 이성을 순
식간에 납치해버리는 화는 어떠한 상황이라도 피하는 것이 상책이
라는 것이 삶의 원칙 중 하나가 되었습니다.

직장 생활을 하다 보면 모든 사람이 다 좋은 사람일 수는 없습니
다. 초임 과장 시절 평판이 그다지 좋지 않은 한 간부가 있었습니다.

해당 부서 직원들도 그를 기피를 하고 있었습니다. 그 사람과 대화를 하고 나면 항상 기분이 개운하지 않다는 것을 느끼고 있던 차에 저와도 업무적으로 마찰이 생기기 시작했습니다. 상대방을 무시한다는 느낌이 들었고 심지어 상대 부서 일까지도 관여를 하는 버릇이 있었습니다. 그래도 좋은 방향으로 생각하면서 잊어버리고 생활을 하던 중 또 다른 일이 발생하게 되었습니다. 급하게 대외기관에 보내는 자료를 요청하기에 종일 작성한 후 제출했더니 퇴근 무렵 뜬금없이 말을 바꾸는 것이었습니다. 자료 작성 방향이 틀렸다면서 자료를 부탁할 당시 언급하지 않았던 말도 하는 것이었습니다. 결국 외부로 보내는 자료가 늦은 이유를 제 탓으로 돌리면서 뒤집어씌우는 듯한 발언을 하였습니다. 순간 화가 치밀어 올랐습니다. 예전 같았으면 저도 같이 화를 내었을 법한데 큰일을 한 번 경험한 이후로 참는 버릇이 생겼습니다. 이럴 때 대처하는 법이 있습니다.

먼저 침착성을 잃지 않아야 합니다. 다른 사람의 기분에 휩쓸려서는 안 된다는 것입니다. 그래야만 다른 사람의 공격에 대해 효과적으로 방어할 수 있습니다. 신경에 거슬리는 상대방의 말에 아무 대꾸도 하지 말고 다른 화재로 돌려버려야 합니다. 그 일이 상대방의 탓이라고 해도 더는 상대를 문책하지 말아야 합니다. 스스로 느끼게 하고 무시하여야 합니다. 그래야 침착성을 잃지 않고 더 큰 화를 내는 것을 멈추게 됩니다. "당신이 옳다면 화낼 필요가 없고, 당신이 틀렸다면 화낼 자격이 없다"는 간디의 말을 가슴에 새겨두어 이런 일이 있을 때마다 꺼내보는 것도 필요합니다.

두 번째는 당당함을 지녀야 합니다. 공격자는 자신의 개성을 마음 껏 펼치지 못하는 사람에게 집중합니다. 그래서 항상 자신감이 넘치고 당당한 자신이 되어야 사냥감이 되질 않습니다.

마지막으로 의도적으로 공격하는 사람에게는 되물어서 독기를 빼야 합니다. 나에게 상처를 주려는 말이 무엇인지를 상대방에게 즉시 되물어야 합니다. 그래야 상대에게도 건설적인 대화를 할 기회를 부여하게 되기 때문입니다. 상대의 공격을 감정적으로 받지 말고 얼굴을 마주 보며 당당하게 모욕적인 발언에 대해 사과를 요구해야만 합니다. 절대 분노를 해서는 안 됩니다. 그렇다고 스스로 화를 참고 상대를 증오하는 일도 안 됩니다. 그것은 나를 죽이고 상대를 죽이는 행위가 되기 때문입니다.

자식들도 살다 보면 나의 이성으로는 도저히 이해가 안 되는 일도 발생할 것입니다. 그럴 때일수록 화를 내어도 똑똑하게 내어야 합니다. 침착성과 당당함 그리고 상대의 공격에 분노를 억제할 수 있는 사람이 되어야 합니다. 분노 때문에 가장 피해를 보는 사람은 바로 나 자신입니다. 스스로가 건강하고 행복한 하루를 보내야 할 소중한 사람은 바로 우리이기 때문입니다.

소중한 인연은 챙기면서 가라

06

소중한 인연은
챙기면서 가라

인생의 중요한 시점에 힘이 되는 존재를
만난다는 것은 크나큰 행운이다.
믿음으로 생각과 정보를 공유하며
인생의 길잡이를 해줄 수 있는 사람이
있느냐 없느냐에 따라 우리 삶의 결과는 크게 달라진다.
고도원, 『꿈이 그대를 춤추게 하라』

세상살이에는 수많은 인연이 있습니다. 살다 보면 생각지도 못한 수많은 인연과 만납니다. 생면부지 전라도 여수 땅에 그것도 두 번째로 와서 살게 된 걸 보면 아마도 이곳과는 전생에 무슨 인연이 있었을 것입니다.

불가에서는 오다가다 옷깃을 스치는 인연을 300생의 인연이라 합니다. 같은 울타리 안에서 하루를 같이 보내는 동료들과의 인연도 700생의 인연이라고 합니다. 아내와는 전생에 천생의 인연이 있어

천생연분이라는 단어가 나왔다고 합니다.

그런데 인생에서 가장 오래 머물고 있는 직장 내에서는 좋은 인연을 맺기가 쉽지 않습니다. 왜냐하면 직장은 먹고살기 위한 수단으로 만나는 사람이기 때문입니다. 이해타산이 기본으로 깔려있기 때문에 진심을 나누기가 어렵습니다. 특히 잘나가다 어려운 일을 당하면 주위에 있던 사람은 흔적도 없이 사라집니다. 그게 직장 내 인간관계의 단면입니다.

사람과의 관계는 본인이 어려운 처지가 되어보면 알 수가 있습니다. 저도 한때 궂은일을 당해보니 평소 친하다고 생각했던 사람은 의외로 멀어졌고 그다지 가깝다고 생각지 않은 사람과는 진실로 마음을 주는 것을 보게 되었습니다. 평소 친했다고 생각하는 사람이 저를 떠날 때는 그게 마음의 상처로 오랫동안 남기도 했었습니다. 내 주위에 머물러 있던 많은 사람은 흔적도 없이 자연스레 사라졌습니다.

세계에서 손꼽는 부자인 재일교포 손정의 사장도 이와 유사한 처지를 경험한 후에 다음과 같이 말을 하고 있습니다. 자신의 주변에 있는 98%에게 잘하려고 하지 말고 2%의 사람에게만 잘하라고 말입니다.

"오는 사람 막지 말고 가는 사람 잡지 말라"는 말도 있습니다. 떠난 만큼 새로운 인연도 또 다가오게 됩니다. 그때부터는 사람을 사귈 때 됨됨이를 보면서 사귀게 됩니다.

어려움을 당했을 때 친한 친구 세 사람만 있으면 외롭지 않다고 합니다. 진정한 친구란 내가 잘되든 실수를 하든 간에 항상 그 자리에 있는 사람입니다. 나의 모자람을 채워주고 나를 이해해 주는 마음의 벗입니다.

외국의 어느 한 출판사에서 친구라는 단어를 가장 잘 설명해 줄 수 있는 말을 공모한 적이 있었다고 합니다. 많은 사람이 밤이 깊을 때 전화하고 싶은 사람, 나의 아픔을 진지하게 들어주는 사람, 나의 모든 것을 이해해 주는 사람 등 여러 가지 정의를 내렸지만 그중 일등을 한 것은 내가 잘되든 실수를 하든 간에 항상 그 자리에 있는 사람이었습니다.

사람의 아름다움과 기쁨을 사랑하는 것은 누구나 할 수 있는 일이지만 사람의 아픔과 슬픔을 사랑하는 것은 아무나 할 수 없는 일입니다. 친구 또한 아무나 될 수 있지만 아픔을 감싸 안을 수 있는 진정한 친구는 아무나 될 수 없는 법입니다. 저는 그런 친구가 한 명 있어 제 인생이 참 풍요롭고 행복합니다. 최근 그 친구가 아프다는 소식이 들려왔습니다. 제가 아픈 것처럼 무척 안타깝습니다. 빨리 회복되길 간절히 바라봅니다.

아들딸들도 삶에서 만난 소중한 인연들은 꼭 챙기면서 오래도록 함께 가길 희망해봅니다. 특히 세상이 나를 등지고 떠날 때 나를 찾아 줄 수 있는 친구 세 사람은 꼭 챙기기를 바라봅니다. 기쁨을 두 배

로 하고 슬픔을 반으로 줄일 줄 아는 넉넉함을 가진 사람, 남은 사람
이 다 떠나간 후 마지막까지 나의 존재를 믿고 지켜 줄 수 있는 사람,
그런 친구가 있는 삶은 참으로 아름답기 때문입니다.

소중한 인연은 챙기면서 가라

07

언제나 겸손하라

병이 있는 사람이 장수하고,
약점이 많은 사람이 성공한다.
삶은 겸손해질 줄 아는 자들에게 분명
'제2의 인생'을 선물해 준다는 것을 기억해라.
김난도, 『천 번을 흔들려야 어른이 된다』

대학 시절 자취 생활을 같이했던, 사기업에 다니는 선배 이야기입니다. 나이도 어린데도 남들보다 빠르게 승진하여 같이 근무를 한 동료가 있었다고 합니다. 밤늦게까지 남아서 일을 함에도 썩 좋은 칭찬을 못 받는 선배에 비해 일 처리 면에서도 똑 부러져 상사로부터 인정받는 동료였다고 합니다. 상사는 그 동료를 두고 미래에 회사를 이끌어 나갈 인재라고 칭찬이 마를 날이 없었다고 하였습니다. 일을 하다가 옆에서 쳐다보면 머리가 좋은 것 같아 참 부럽기도 했답니다. 그러나 그 동료는 대인관계가 문제였다고 합니다. 너무 똑똑하다 보니 전화상이든 일상적인 대화이든 상대방과 수시로 말다툼이 생겨 사무실이 자주 시끄러웠다고 합니다. 같은 직급이었지만 나이가 한창 많은 선배에게 반말 비슷하게 하면서 무시하는 듯한 말투로 인내성을 요할 때도 많았다고 합니다. 같은 부서에서 헤어지고 세월이 한창 지난 다음 그 사람의 안부가 들려왔다고 합니다. 비리로 연루되어 회사를 그만두었다고 합니다. 평소 상사에게는 인정을 받았는지는 몰라도 동료들과 부하직원들에게 우쭐거리다가 스스로 추락한 셈입니다.

조직생활을 하다 보면 앞서거니 뒤서거니 하면서 승진을 하게 됩니다. 내가 멈추어 있는 동안 어느 순간부터 나이가 어린 상사를 모시게 됩니다. 행여나 젊은 상사가 작은 권력에 심취하여 우쭐거리면 마음이 참 무겁습니다. 직위가 낮은 것도 서러운데 그 모양새를 보고 있는 자체가 힘이 듭니다. 고참 부하들은 아예 그 상사를 무시해 버립니다. 더 겸손해야 정상적인 대접을 받는다는 사실을 깨닫지 못한 까닭입니다. 한때 남들보다 일찍 팀장이 되었던 저 역시 저보다 직위가 낮지만 연세가 많은 분들에게 저도 그랬지 않나 되돌아봅니다. 당시 주위에서 제게 준 칭찬들이 칭찬이 아니었습니다. 더 겸손하라는 메시지였습니다. 그때 교만했던 제 행동에 대해 그분들이 많이 속상해했을 것 같아 고개가 숙여집니다.

최인호의 『가족 뒷모습』 글 중에서 나오는 이야기입니다.
고대 로마에서는 전장에서 승리한 장군이 귀향할 때 노비 한 사람을 마차 뒤에 숨겨두는 관습이 있었다고 합니다. 열광적으로 환호하는 로마 시민들의 모습에 도취되어 교만해짐을 방지하는 일을 했다고 합니다. "그대여, 너는 네가 인간임을 잊지 마라. 장군이여, 너는 네가 인간임을 잊지 말아라."라고 끊임없이 외침으로써 자신이 신일지도 모른다는 착각에 빠져 우쭐거리다 추락하여 죽는 희랍신화의 이카로스처럼 되지 않게 하는 사전 예방책이었다고 합니다.

평소 잘난 체하며 동료들이나 부하직원들을 무시하는 마음을 지닌 대부분의 사람은 그 직책에서 회사생활을 마감합니다. 고급간부로서 롱런하는 대부분 사람의 공통점은 항상 겸손하다는 사실입니다. 아마도 그들은 겸손해야 한다는 점을 미리 깨닫고 있는지도 모릅니다.

아버지도 한때 교만에 빠져 겸손함을 잊어버린 적이 있음을 후회합니다. 특히 잘나갈수록 자기 자신을 더 되돌아봐야 합니다. 교만을 대비해서 자명종 하나를 머리맡에 두고 매일 울림을 들으면서 가길 바랍니다. 그래서 몸과 마음을 다 낮출 수 있는 자식들이 되길 바랍니다.

Part 03

갈망이
있는 곳에
희망이
있다

01

직장새내기 시절에
갖추어야 할 것

그렇게도 소원했던 직장에 들어가 보면
오히려 더 막막해질 때가 온다.
인간관계도 업무도 모든 것이 새롭다.
자신의 가치를 찾아
우리는 또 다른 길을 모색해야만 한다.
중요한 건 지금부터이다.

어렵게 대학을 졸업하고 군대를 제대하고 사회에 나올 당시에는 취직만 하면 행복하게 잘살 줄 알았습니다. 군대도 남들보다 삼 년을 더 근무하다가 보니 늦깎이 사회진출이었지만 그래도 좋은 회사라는 곳에 취직을 했으니 더 이상 바랄 나위도 없었습니다. 회사로부터 합격통지서를 받던 날은 그동안 가난에 허덕이며 살았던 부모님이 제일 기뻐하셨습니다. 저 역시도 이제부터는 고생 끝 행복 시작인 줄 알았습니다. 그런데 막상 회사에 들어와 보니 조직 내에서도 또 제가

가야 할 길이 생기게 되더군요. 회사를 들어오기 전까지는 혼자 노력만 하면 대부분 해결이 되지만 조직 내에서는 조금 다릅니다. 조직 내에서는 새로운 인연으로 인간관계가 시작됩니다. 혼자 노력을 통해서 가야 할 길도 있지만 같이 함께 어우러져야 할 부분이 많기 때문에 어쩌면 조직생활이 훨씬 더 어렵다고 할 수도 있습니다.

학창시절에 목표로 하던 꿈의 직장이라고 들어왔지만 적지 않은 신입사원들은 회사에 적응하기가 힘들다고 합니다. 조직에서는 많은 선후배, 동료들을 만나게 됩니다. 평소 접하지도 못했던 상사도 생기게 됩니다.

먼저 작고 궂은일부터 잘할 줄 알아야 합니다. 상사나 동료들은 신입사원이 들어오면 일거수일투족을 관찰하게 됩니다. 이런저런 시험도 하게 됩니다. 궂은일을 마다하지 않고 동료들에게 희생을 할 줄 알면 지켜보고 있는 고객들의 마음을 얻게 되는 셈이 됩니다. 자기를 내세우지 않고 동료에게 희생하는 마음으로 보내다 보면 때가 되면 자기의 가치도 인정받게 됩니다. 대부분 동료들이 그 신입사원은 참 괜찮은 사람이라는 평판을 얻게 되고 인정을 해 주게 됩니다. 그 신입사원에게는 머지않아 중요한 일도 맡기게 됩니다.

두 번째로 중요시해야 할 것은 자기가 맡은 업무에서는 전문가가 되는 게 좋습니다. 맡은 업무에 유능함을 보이면 상사가 유심히 관찰하게 되고 결국 신뢰를 주게 됩니다. 이때부터 일의 노예가 되지 않고 주인이 되게 됩니다. 일을 기쁨으로 터득하는 단계가 된 것입니다. 그러면 여러 곳에서 인기가 일어나게 됩니다. 몸이 고달플 수도 있습니다만 일에 재미가 넘쳐 납니다. 상사가 인정하고 동료가 신뢰를 하니 회사생활도 참 재미있습니다. 그것은 본인의 캐릭터가 되고 소문을 낳게 되며 간부로 승진 시에도 유리한 고지를 점하게 됩니다. 반면에 내가 맡은 업무를 등한시하다 보면 항상 불안하게 됩니다. 그러다 보면 보고가 늦어지고 더 나아가선 작은 실수를 더 크게 만들게 됩니다. 그것이 반복되면 어쩔 수 없이 조직 내에서 동료들에게 폐를 끼치게 되고 상사로부터 꾸중을 듣게 됩니다.

마지막으로 항상 준비하는 자세가 필요합니다. 새내기 시절은 눈 깜짝할 사이에 지나갑니다. 후배들이 들어오고 어느 순간 고참이 되어버립니다. 그동안 열심히 노력했지만 내가 하고자 했던 방향이 안 될 경우도 생기게 됩니다. 자의 반, 타의 반으로 승진 기회를 놓칠 수도 있습니다. 그때는 스스로 위축이 될뿐더러 매사에 자신감도 상실하게 됩니다. 같이 출발했던 동료들은 저만치 가고 있는 모습을 보면 과거 당당했던 모습은 온데간데없이 사라지고 점차 스스로 괴리감을 지니게 될 수도 있습니다. 그래서 미리미리 준비해야 합니다. 만약 계속 나의 계획과 어긋난다면 다른 길을 모색해 보는 것도 나쁘지는 않습니다.

학창 시절을 마감하고 곧 조직에 몸담고 가야 할 아들딸들이 갖추어야 할 자세들입니다. 중요한 것은 지금부터입니다.

02

목표를 향해
질주하라

이룩할 수 없는 꿈을 꾸고,

이길 수 없는 적과 싸우며,

이루어질 수 없는 사랑을 하고,

견딜 수 없는 고통을 견디며,

잡을 수 없는 저 하늘의 별을 잡자.

세르반테스, 『돈키호테』

　주말에 가족들과 영화를 보러갔습니다. 산악인들의 우정과 모험을 보여주는 히말라야 영화였습니다. 영화를 보고 난 뒤 문득 한 모험가의 특강을 들은 내용이 생각났습니다. 이름은 김승진, 단독 무기항무원조 요트 세계 일주를 성공한 모험가입니다. 세계일주를 위해 일 년에 걸쳐 사전 준비를 하였고 9개월 동안 쇼핑 후 2005년 프랑스산 요트를 구입했다고 했습니다. 그 요트의 이름은 '바다달팽이'라고 했습니다.

2013년부터 항해 준비를 하였고 만반의 준비 끝에 드디어 2014년 10월 19일 당진 왜목항에서 출발하였습니다. 세계일주 항해는 국제 항해 규칙이 있다고 했습니다. 단독으로 항구를 단 한 번도 나가지 않고 단 한 번도 원조를 받지 않고 적도를 2회 이상 통과해야 하고 반드시 처음 출발한 항으로 되돌아와야 한다는 것이었습니다. 그는 이 규칙을 지킨 후 다시 당진 왜목항으로 209일 만에 돌아왔습니다. 그리고 한국인 최초 단독 세계일주를 성공한 사람이 되었던 것입니다. 나 홀로 209일, 5,016시간의 기록을 가지게 된 것입니다.

그는 자기 삶에서 세 번의 변화를 가졌다고 합니다. 젊은 시절에는 미대를 졸업하였다가 다시 방송 PD가 되기 위해 공부하였고 그러다가 PD생활을 접고 마지막으로 모험가가 되었다고 합니다. 청강생 중 왜 모험가로 변신했냐고 이유를 물었더니 "우리가 가는 곳은 길은 없다. 우리가 가는 곳은 길이 끝나는 곳이다. 조금 있으면 모두 다 갈 텐데…… 나에겐 내일이라는 단어는 없다. 현재 최선을 다하는 삶 그래서 부딪치기 전에 즐겨라"라는 말로 답변을 해 주었습니다.

덧붙여 현재의 삶을 가장 값지게 살아가야 하는 가장 큰 이유는 이 세상을 살아오면서 질병, 전쟁 등등 모든 경쟁 속에 살아남았기 때문이라며 강한 어조로 말했습니다.

그는 두려움으로 출발 3개월 전부터 불면증에 시달렸다고 합니다. 오히려 항해를 시작한 이후에는 마음이 편해져 잠을 더 잘 자게 되었다고 합니다. 적도 주변 무역풍을 마주하고 올라갈 적에는 파도가 배를 부수는 펀칭현상으로 45일간 배를 고쳐야 하는 애로도 겪었다고 했습니다. 그래서 그는 아예 진로를 확 바꾸었다고 합니다. 뉴질랜드 남쪽으로 내려가서 편서풍을 이용하겠다는 아이디어가 오히려 더 순탄한 항해가 되기도 했다고 합니다.

남반구는 광란의 40도, 울부짖는 50도, 비명의 60도라는 이름을 붙이기 적합한 파도가 너무나 많다고 했습니다. 남반구는 뚫려있어 한 번 생긴 파도는 쉽게 가라앉질 않는다는 것이었습니다. 4-5m의 파도는 항상 있었고 7m 이상 파도에 배가 처음으로 뒤집어지는 경험도 하였다고 했습니다.

모험가가 가장 두려웠던 때는 바다의 에베레스트를 지날 때였다고 했습니다. 대서양을 지나 남극해에서 만난 얼음 덩어리는 두려움을 주기에 충분했다고 했습니다. 요트의 무덤이라고 불리는 드레이크 해역지역인 케이프 혼의 평균 항해속도는 시속 10km이었는데 그때 해역의 바람은 시속 100km정도였다고 했습니다. 레이더에 포착 안 되는 작은 얼음덩어리가 많았고 일조량이 적어 어둠이 많았다고 했습니다. 또한 밤이면 별빛 하나 없어서 너무나 두려웠다는 것이었습니다. 마침내 그는 2014년 2월 2일 케이프 혼을 무사히 통과를 할 수가 있었습니다.

또한 인도네시아 해양에서는 해적을 세 번이나 만났는데도 다행히 뿌리칠 수가 있었다고 했습니다. 그는 위험을 마주칠 때마다 '지금껏 너 멋대로 살아오지 않았던가? 가볍게 죽음을 맞이하자'라고 스스로 위로를 하면서 긍정의 사고로 이겨냈다고 했습니다.

　태풍이 올 때와 같이 두려울 때마다 잠을 청해 두려움을 없앴고 맛있는 요리를 한다든지 위스키 한 잔을 하면서 죽음을 초월하는 연습을 하였다고 했습니다. 항해는 대부분 공포 때문에 성공하지 못하고 사망하거나 포기한다고 합니다. 공포 때문에 걱정되는 멘탈 정도이면 항해는 절대 하지 말라고 당부도 하였습니다.

　요즘 우리 사회를 보면 머지않아 사회에 나올 준비를 하는 자식들이 걱정됩니다. 아무리 두드려도 열리지 않는 취직의 문 때문에 그들도 실의에 빠지고 고통을 안지 않게 될지 말입니다. 그러나 힘들어도

갈망이 있는 곳에 희망이 있다

포기할 수 없고 도전해야만 하는 인생입니다.

포기하지 않고 끊임없이 시도하는 돈키호테의 정신으로 나아가야 합니다. 목적지를 향해 거센 파도와 싸우며 항해하듯 끊임없이 도전하면서 가길 응원합니다. 그러면 언젠가는 목표로 하는 곳에 꼭 다다를 수 있을 것이라 확신합니다.

죽음을 초월하고 돌아온 김승진 모험가처럼 말입니다.

03

갈망이 있는 곳에는
희망이 있다

의지를 북돋우는 격려의 말을 펩톡(peptalk)이라고 하는데,
성공한 사람은 모두 스스로 던지는 펩톡의 대가들이었다.
'나는 긍정의 힘을 믿는다'.
'나는 할 수 있다'.
'나에게 실패는 있어도 포기는 없다'.
송길원, 『나를 딛고 세상을 향해 뛰어 올라라』

오늘 아침 조간신문 중 '사랑해도 돈 없어 결혼 못 하는 청춘'의 제목 기사를 읽는 순간 MBA 과정 중 노교수님의 무거웠던 강의 내용이 떠오릅니다.

국제 경제의 불안정, 저출산 및 고령화, 만성적인 인플레, 장기적인 경제성장 둔화 이야기는 부존자원 하나 없는 우리나라의 현주소인 것입니다. 특히 철강, 조선 등 우리나라 주력산업이 '불황의 늪'에

서 빠져나오질 못하고 있습니다. 특히 울산과 전남지역 조선업은 구조조정으로 연일 술렁이고 있습니다. 경제성장 둔화로 새로운 일자리가 점점 더 부족해지고 있습니다. 우리 미래 세대들의 세상은 무척 걱정스럽기만 합니다.

되돌아보면 우리세대들은 참으로 행복했던 것 같습니다. 세계경제 사조가 신자유주의를 표방하던 80년대 후반에 비로소 민주화가 시작된 우리나라는 외국차관을 통한 꾸준한 경제성장으로 우리 7080세대들은 취업 걱정은 없었습니다. 정부 덕분에 탄생한 대기업들은 그만큼 신규인력들이 필요했던 것이었지요. 저는 지금도 앨범 속에 여러 대기업들의 합격 통지서를 기념인 양 간직하고 있답니다. 스스로에겐 자랑스러울지는 몰라도 지금 젊은 세대들에겐 인생선배로서 참으로 미안한 이야기이기도 합니다.

우리 시대 대학에는 낭만이 키워드였다면 슬프게도 요즘 대학가는 걱정이 키워드로 바뀌고 있었습니다. MBA과정을 다니면서 본 캠퍼스 모습이었습니다. 우리 세대가 인생을 헤쳐 나가는 법을 배우는 곳이었다면 요즘 젊은이들은 취업과 관련한 스펙경쟁에 몰두하고 있었습니다. 취업, 면접, 외국어 등 취업관련 공부들이 학업공부와 인생 공부보다 더 절실해져버린 것입니다. 젊은이들의 모든 선택들은 본인들의 의지보다는 사회 변화에 따라 영향을 받는 피할 수 없는 현실이 되어버린 것입니다. 국민소득이 높은 시대에 태어난 만큼 직업에 대한 눈높이 역시 높아진 젊은 청년들은 본인들의 의지와는 상관없이 고통스러운 현실이 전개되고 있는 것입니다.

　수년 전 당진 사업장에서 함께 근무한 적이 있는 고졸 인턴직원 이야기입니다. 해맑은 얼굴에 어두운 면이 전혀 없어 보이는 스무 살 청년이었습니다. 인사팀으로부터 인턴 직원을 인수받은 후 면담을 하기 전 먼저 신상명세서를 살펴보니 아버지가 없는 것으로 적혀 있었습니다. 며칠 후 그 인턴과 면담을 하던 중 저는 깜짝 놀랐습니다. 고교 1학년 시절에 아파트 경비를 하시던 중 아버지는 뇌졸중으로 돌아가셨고 엎친 데 덮친 격으로 어머니는 위암 판정을 받았다고 합니다. 다행히 어머니의 목숨은 건질 수가 있었지만 기초수급대상자로 어려운 생활을 할 수밖에 없었다고 하였습니다. 그러나 그 인턴직원은 공부를 열심히 하여 항상 1~2등을 놓치지 않았다고 합니다. 그 직원은 6개월간의 인턴생활을 한 후 어려운 경쟁을 뚫고 정규직의 영광을 얻었습니다. 그때 그 직원의 첫 소감 한마디는 지금도 제 뇌리에 꼭꼭 박혀있답니다. 그 한마디는 "이제부터는 그동안 고생하신 어머니를 평생 걱정 없이 부양할 수 있다"는 것이었습니다.

　취업에 갈망하고 여러 가지 시험에 도전하는 젊은 청춘들이 어디 이 인턴뿐이겠습니까? 아들도 그리고 이 땅의 젊은 청춘들도 별반 다르지 않을 것입니다. 아마도 중년의 삶까지는 끊임없는 도전의 연속일 것입니다. 대학입시, 입사시험, 승진 시험 등등……. 살다 보면 그 많은 도전들을 모두 다 성공할 수는 없습니다. 도전의 과정을 통

갈망이 있는 곳에 희망이 있다

해 먼저 실패를 배우게 되고 실패의 시련과 고통을 겪는 것 또한 인생입니다. 그럴 때 가장 중요한 것이 있습니다. 두려움을 피하게 되면 공포를 키우는 결과만 낳고 성공을 가로막는 벽이 될 수가 있을 것입니다. 그럴 때마다 두려움에 맞서 싸우길 바랍니다. 그리고 절실한 원함과 중도에 물러섬이 없는 노력으로 꿈을 향해 다가가 보세요. 갈망하면 언젠가는 이루어집니다. 실패의 과정 속에서는 인내를 얻고 그것을 극복하는 순간에는 성공의 참맛을 얻게 될 것입니다. 갈망하면서 노력이라는 실천을 통해서 인생의 더 큰 자유를 만끽할 수 있는 세련된 아들딸들이 되길 희망해봅니다.

04

아파보니
느껴지는 생각들

한 번쯤 크게 아파본 사람은
건강의 소중함을 깨닫는다.
그리고 매사 겸손할 줄도 안다.
건강이 있는 다음에 나머지가 있다.
오직 나를 위해 살고 나를 위해 웃어라.

지난주는 무리하게 한 주를 보냈습니다. 점심시간마다 무리한 운동을 한 것도 그랬고 저녁식사 때 과한 술자리도 그랬습니다. 주말에도 지인들과 만남까지 이어진 탓도 있었습니다.

월요일에는 하는 수 없이 병원에 갔습니다. 저혈압과 체력고갈이 그 원인이었습니다. 4일간 거의 혼수상태였습니다. 뇌가 제 몸을 지탱해주질 못할 정도 아팠습니다. 계속 잠만 쏟아졌고 자는데도 아팠던 것 같습니다. 이러다가 일어나지 못하고 세상과 하직하면 어쩌지 하는 걱정도 하면서 잤던 것 같습니다. 혼자 있을 때 아프면 더 외롭습

갈망이 있는 곳에 희망이 있다

니다. 잠을 자다가 배가 고파 일어나면 누가 챙겨주는 사람도 없습니다. 혼자 일어나 밥을 할 힘도 없습니다. 그냥 지쳐 인스턴트 음식으로 배를 채우고 다시 쓰러져 잡니다.

몇 년 전 크게 아프고 난 뒤부터는 컨디션 조절에 실패하면 심한 몸살이 자주 옵니다. 어릴 적부터 부실한 몸도 한몫하는 모양입니다. 이제부터는 조심해야지 하면서도 시간이 지나면 또 잊어먹고 과욕을 부리게 됩니다. 이때는 세월이 약이 아니라 독약이 됩니다. 인

생은 수많은 욕망 속에서 이리저리 부딪히는 과정인 모양입니다. 그 과정에서 낙심을 하고 상처를 입고 가슴 찢어지는 경험도 하게 됩니다. 이럴 때면 몸보다 마음이 더 아프게 됩니다. 몸이 아플 때면 먹는 약도 있고 맞는 약인 링거도 있습니다. 그러나 마음이 아플 때면 병원에 갈 수도 없습니다. 부정적인 생각들이 밀려옵니다. 이때는 기도밖에 약이 없습니다. 가만히 명상을 하며 나를 다독이며 기다려야 합니다. 이때는 세월이 약이 되기도 합니다.

살다 보면 재물에 목숨을 걸기도 하고 학업과 취업, 승진 등에 모든 것을 걸며 살기도 합니다. 이처럼 외부에 관심을 기울이는 만큼 자신의 내부도 관심을 가져야 할 필요가 있습니다. 우리가 살면서 건강을 잃어버리면 또 다른 중요한 것들을 잃어버리게 됩니다.

가장 중요한 평범한 나의 일상을 잃어버립니다. 아무것도 할 수가 없습니다. 꿈을 꾸던 욕망은 물론이거니와 평범한 일상도 사라집니다. 출근 후 업무도 제대로 못 합니다. 퇴근 후 직원들과 저녁 식사도 같이 못 합니다. 사랑하는 사람과도 함께하지 못합니다.

한번은 가족들이 저를 보기 위해 여수까지 왔는데 그때도 몹시 아팠습니다. 아프니까 가족들과 같이 보낼 수가 없었습니다. 걱정만 잔뜩 안겨주고 다시 보내야만 했습니다. 참 안타깝고 미안했었습니다. 멀리서 온 가족들에게 맛있는 음식과 멋진 경치 구경을 시켜줄 수 있는 입장이 아닌, 오히려 도움을 받는 처지가 되어버린 것이었습니다.

아들도 명심해야 합니다. 특히 남자는 결혼 후에도 여러 사정상 주 중에 혼자 살아갈 경우도 생기게 됩니다. 그때는 내 몸 하나를 보호해야 하는 사람은 나 자신뿐이라는 사실을 말입니다. 오직 나 자신만이 책임질 수 있다는 사실을 잊어서는 안 됩니다.

일체유심조라 했습니다. 몸뿐만 아니라 마음까지도 잘 관리해야 합니다. 자기 전에는 반드시 최근에 일어났던 좋은 일만을 기억하십시오. 뇌의 가소성 효과로 바로 긍정적인 자신으로 되돌아옵니다. 오직 나를 위해 살고 나를 위해 웃어야 합니다. 그래야 나뿐만 아니라 나머지 가족들을 행복하게 해 줄 수가 있습니다. 아프지 말아야 합니다. 건강해야만 일상의 행복도 누릴 수가 있습니다.

05

균형 잡힌
삶이 좋다

돈을 많이 벌거나 유명해지고
원하는 것을 얻는 것은
경제적 의미의 성공일 뿐이며,
인생에서의 성공은 일과 더불어
다양한 삶의 가치들이 균형 잡혀 있을 때
가능하다는 것이다.
이종선,『성공이 행복인 줄 알았다』

우리들이 살아가는 날들에겐 목표가 참 많습니다. 어릴 적부터 꿈을 꾸고 목표를 세우게 됩니다. 학창시절에는 입시에 목표를 두고 졸업하면 좋은 직업을 구하는 데 목표를 두고 조직 내에서 승진에 목표를 둡니다. 대부분이 그렇듯이 저도 조직에서 높이 올라가는 것이 꿈이었습니다. 그러다 보니 자신도 모르게 워크 홀릭에 빠진 적도 있었습니다.

주말부부로 인해 평일에 홀로 생활하는 습관도 한몫을 했었습니다. 퇴근을 해도 기다려 주는 사람이 없어서 회사에 그냥 살았습니다. 일이 목적이 되어 모든 열정을 쏟았었습니다. 그 열정을 인정받아 다양한 보직도 경험했었습니다. 여러 행운도 따랐는지 팀장 승진도 참 빨랐습니다. 처음엔 꿈인 듯 생시인 듯 정말로 좋았습니다. 지난 세월이 한순간에 보상이 되는 것 같았습니다. 그것만이 인생에서 성공인 줄 알았고 가장 큰 행복인 줄만 알았습니다.

그러나 삶에 있어 성공 경험이 적었던 저는 갑자기 성공했을 때를 대비하는 사전 관리를 미처 준비하지 못하고 맞이하게 되었습니다. 제가 목표로 한 것을 보다 빨리 가지게 되었지만 그 후유증도 적지 않았습니다. 그동안 일에 대한 스트레스와 연공서열에 익숙한 공기업 조직에서 발탁에 대한 주위의 따가운 시선 그리고 작은 한 번의 사건에서 저의 몸과 마음의 면역체계가 깨져버리기엔 충분했습니다.

또한 회사를 우선으로 하는 삶에서 두 아들이 초등학교를 다니는 시절부터 가족들과 헤어져 살아야만 했습니다. 주말에 가족들과 만남의 즐거움을 나누기도 전에 다시 일터로 되돌아가야만 했습니다. 삶의 목표를 이루는 것이 소망이자 행복의 조건이 되어 있었습니다. 일의 궁극적인 목적은 가정을 행복하게 하는 것인데 정작 목표 자체는 실종되어 있었습니다. 일이 목적이 되어버리고 세상으로부터 도피수단이 되어 버렸고 그 많았던 세월이 한순간에 흘러가버렸습니다. 승진이라는 제단 위에 가족들을 제물로 바쳤지만 정작 얻은 것은 무너지는 자화상일 뿐이었습니다. 그 이후 저는 모든 것을 내려놓게 되었습니다.

미래의 꿈을 꾸며 이 세상 밖으로 나오려는 아들에게 말해주고 싶습니다.

철학자 아리스토텔레스는 "사물이나 어떤 실체로 행복이 만들어지는 것은 아니다"라고 했습니다. 제게도 승진은 그것 자체가 결코 행복을 가져주지는 않았습니다. 그것을 가지게 되면 단지 순간적인 만족감은 느낄 수는 있습니다. 가지지 못했을 때 단지 아쉬울 수는 있습니다. 그러나 목표를 이루는 순간 그것은 다시 현실이 되어 버린다는 점도 잊지 말아야 할 것입니다.

더 중요한 것은 어떤 삶을 지향하느냐에 달려있습니다. 그 가운데 내가 얼마나 성취했느냐보다는 자신이 얼마나 나아졌느냐가 성공한 삶의 기준입니다. 다양한 소중한 가치들과 함께하며 삶의 균형을 가지는 삶을 통해 나아짐을 추구해야 할 것입니다. 균형 잡힌 삶으로 산천초목이 있는 세상들을 요목조목 구경하면서 가길 바랍니다.

갈망이 있는 곳에 희망이 있다

06

어떤 경우든
정의로움을 선택하라

뭐가 진실이고 뭐가 거짓인지
어느 것이 악이고 어느 것이 선인지도
모를 때도 있다.
진실 옷을 입은 거짓 사람에게 걸려서
넘어지는 날도 다가온다.
그럴수록 정의를 선택하라.
곧은 자는 항상 옳은 자들 편에 선다.
행여 고난이 닥치면 '불비불명不飛不鳴'하여
먼 훗날 꽃을 피울 줄 아는 지혜를 가져라.

저자 김동률 교수의 '정의는 뱀처럼 가난한 사람의 맨발부터 문다' 칼럼 내용입니다. 조선시대 정의의 한 모습을 담고 있는 글입니다.

임진왜란 당시 선조는 나라를 버리고 의주까지 도망을 가고 명나라로 망명을 시도하기에 이릅니다. 한 나라가 다른 나라 속으로 들러붙기를 애원한다는 의미인 걸내부乞內附 파동도 등장합니다. 명이 선조를 요동으로 유폐시키려 하자 선조는 내키지 않는 결심인 망명을 포기하게 됩니다. 선조 26년 류성룡은 노비들이 왜적들의 수급을 가져오면 양민으로 돌아올 수 있게 하는 면천법을 강행합니다. 이 제도 덕분에 조선 의병을 탄생케 했고 결국 이순신 장군의 공로를 포함하여 전쟁을 승리로 이끌게 됩니다. 수백만의 백성의 죽음 위에서 선조는 살아남게 되는 것입니다. 그러나 선조는 왜적을 죽이면 양민으로 신분을 돌려주겠다는 면천법은 아예 없었던 일로 해버렸고, 육지전투 영웅 의병장 김덕령을 역적모의했다며 고문으로 죽여 버립니다. 심지어 이순신 장군도 한때 모함을 받게 됩니다.

이후 44년 만에 병자호란이 터졌으나 더 이상 민초들은 속지 않았고 의병은 일어나지 않았습니다. 슬프게도 정의는 뱀처럼 가난한 사람의 맨발부터 문다는 것을 역사는 가르쳐 주고 있는 내용입니다. 또 다른 정권시절에 '정의사회 구현'이라는 단어가 국정 목표가 된 적이 있습니다. 그러나 세월이 지나보니 이를 주도한 지도층들은 부정부패를 저질렀고 미약한 국민들에게만 정의로움과 공정함을 요구한 셈이 되었던 적도 있었습니다.

『정의란 무엇인가』를 집필한 마이클 샌델은 정의로운 사회는 소득과 부, 의무와 권리, 권력과 기회, 공직과 명예를 자격이 있는 사람에게 잘 배분하는 것으로 보고 있습니다. 여기서 중요한 단서조건이 있습니다. 누가 무슨 이유로 그러한 자격을 갖는지 꼼꼼하게 따져 봐야 한다고 주장하고 있습니다.

갈망이 있는 곳에 희망이 있다

우리 같은 평범한 직장인들도 정의에 대하여 많은 생각을 하게 만들 때가 있습니다. 조직생활을 하다 보면 뭐가 진실이고 뭐가 거짓인지, 어느 것이 악이고 어느 것이 선인지도 모를 때도 있습니다. 무언가에 걸려서 넘어졌는데 정의롭지 못한 판단이 내려오는 날도 있을 수 있습니다.

정의는 처한 환경과 상황에 따라 매번 다른 모습을 하고 있기 때문에 정의를 간단하게 규정하기에는 결코 쉽지는 않는 것 같습니다. 나와 타인 더 나아가 조직과 사회에서 인간의 탐욕과 도덕적 딜레마에 얽혀 있기 때문입니다. 그러나 한 가지 명확한 것이 있습니다. 그 어떠한 경우에도 부적절한 힘은 정의가 아니라는 것입니다. 정의가 가려진 채 부적절한 힘에 의해서 굴복을 당할 수도 있을 것입니다. 하지만 그 힘이 지속되기는 결코 쉽지 않습니다. 당시에는 어렵겠지만 견디어야 합니다. 힘이 사라진 다음에는 온전히 진리 편에 선 사람만이 살아남으며 긴 생명을 유지할 수가 있습니다.

저자 메히트힐트 폰 마그데부르크 『신의 흐르는 빛』에서 우리가 익혀야 할 일곱 가지를 들고 있습니다.

1. 인생에서는 정의로울 것
2. 궁핍 속에서는 자비로울 것
3. 공동체 안에서는 충직할 것
4. 숨은 곳에서는 남을 도울 것
5. 궁핍과 어려움 속에서는 침묵할 것

6. 온전히 진리의 편에 설 것

7. 거짓에는 적이 될 것

아들딸들도 인생을 살면서 마주치는 것 중 라퐁텐 우화집에 나오는 진실 옷을 입은 거짓 사람도 많이 있을 겁니다. 그 어떤 경우에도 정의를 선택해 주길 바랍니다. 스스로 더 엄격하고 가차 없이 대하는 자세도 필요합니다. 그럴수록 다른 사람이 당신을 더 정의롭고 친절한 사람으로 대할 것입니다. 그러한 자세로 스스로 완성을 향한 이상도 함께 자랄 것이기도 하지만 그 과정 자체가 우리의 삶을 정의롭게 할 것입니다.

갈망이 있는 곳에 희망이 있다

07

때로는 쉬면서 가라

쉬지 않고 오르기만 하면
어느 순간 갑자기 강제로 멈춰 서게 되는 순간이 온다.
심각한 병으로 하던 것을 멈추고
도전을 포기해야 하는 상황이 올 수도 있다.
그래서 발전소 기계도 더 오래 운전하기 위해
주기적으로 한 번씩 계획, 예방, 정비가 필요하다.

MBA 과정 중 강의시간이 남아서 캠퍼스 앞 카페에서 주스 한 잔을 시켰습니다. 물끄러미 지나가는 학생들을 보면서 제게 주어진 안식년에 대해 참으로 감사하게 생각하고 있습니다. 조직 생활을 하면서 이런 소중한 기회를 얻기는 참 어렵기 때문입니다. 어쩌면 25년간 회사생활 가운데서 가장 큰 선물을 받은 셈입니다.

안식년 시작 첫 몇 개월은 적응이 되질 않았습니다. 눈을 뜨면 이른 아침이라도 회사에 가던 습관이 남아있던 터라 딱히 할 일이 없어 또 잠을 청하기도 했습니다. 강의가 없는 날은 혼자 있는 습관을 가진 적이 없어서 외롭고 공허하기까지 했습니다. 그러다 보니 이미 회사를 그만두고 사회에 나가있는 친구들을 찾기 시작했습니다. 사회에 나가 있는 친구들은 현직에 있을 때만큼 여유를 가진 친구들도 없었거니와 친구들도 평소에 자주 찾아야지 제가 필요할 때 찾아보니 그리 달갑게 만나주지 않았습니다. 그러다 보니 홀로 있는 시간을 친구로 삼기도 했었습니다.

학교를 다니면서 여기도 기웃 저기도 기웃하면서 새로운 세상도 보았습니다. 서울 지하철을 타면 한결같은 풍경이 제 눈 속에 들어옵니다. 열이면 7~8명은 휴대폰을 보고 있습니다. 주위 풍경도 보고 음악도 듣고 책도 볼 수 있는데 남녀노소 할 것 없이 지하철 안에는 휴대폰이 점령해버렸습니다. 누군가가 우스갯소리로 이 기기 덕분에 잊혀질 권리마저도 없기 때문에 뇌가 쉬어갈 수도 없는 시대를 가져 왔다고 합니다. 살면서 뇌를 쉬게 하는 삼무 요령이 있습니다.

첫 번째 무는 무시입니다. 한마디로 멍 때려야 합니다. 요즘 우리 주위는 너무나 소식들이 많고 잊어버릴 기회가 적은 세상입니다. 그래서 하루에 한 번은 멍 때려야 합니다. 눈을 떠서 잠자기 전까지 하루를 건강하게 보낼 수 있도록 에너지를 남겨 두어야 건강한 뇌가 존재할 수 있습니다.

두 번째 무는 무관심입니다. 상대방에게 무관심하여야 합니다. 남의 장단점을 살피거나 평가하지 말아야 합니다. 이 세상 모든 스트레스는 사람에게서 옵니다. 그래야만 내 기분 건강하게 하루를 지킬 수 있기 때문입니다.

마지막 무는 무 관찰입니다. 나 자신을 매일매일 수양하되 나아짐을 관찰하지 말아야 합니다. 수양은 죽을 때까지 합니다. 사회는 밝은 면보다 어두운 면이 더 많습니다. 나 자신을 먼저 수양하고 나 자신만이라도 더 겸손한 삶을 살다 보면 내 주위에는 밝은 모습들만 다가올 것입니다.

『나는 더 이상 여행을 미루지 않기로 했다』의 저자 정은길 작가는 "인생의 쉼표를 언제 두느냐에 따라 삶의 결이 달라진다."고 했습니다.

사람에겐 살다가 힘이 들 때는 제대로 쉬어가는 것이 참 중요합니다. 쉬는 삶에서 더 큰 에너지를 충전시켜 보다 더 변화된 사람이 되어야 합니다. 공부하는 사람은 운동하는 것이 휴식입니다. 밖에서

일하는 사람은 실내에 들어가는 것이 휴식입니다. 도시에 사는 사람은 숲으로 가는 것이 휴식입니다. 휴식을 가지면서 움직이되 마음을 싣지 않는 자세, 생각하되 고민을 하지 않는 자세, 일을 하되 염려는 하지 않는 자세, 노력은 하되 집착하지 않는 자세, 열망하고 추구하되 조급해하지 않는 자세들도 익혀야 합니다.

이 시간에도 쉼 없이 달려가고 있는 아들딸들에겐 휴식이 꼭 필요합니다. 비록 치열한 경쟁시대이기는 하나 쉬지 않고 달려가다 보면 결국 균형을 잃고 쓰러지게 됩니다. 잠시도 쉴 줄 모르는 삶과 잠시 쉬어갈 줄 아는 삶은 언젠가는 엄청난 큰 차이를 가져다줍니다. 저도 잠시 쉬는 동안 달라진 삶의 결로 다시 조직에 복귀하면 동료들과 함께 아름다운 봄꽃 같은 향기를 피우겠습니다.

08

내면적 가치 손상에서
회복하는 법

장담하건대,

당신 생각을 하는 사람은 아무도 없다.

그들 자신만 생각하고 있다.

당신이 당신 자신만을 생각하는 것처럼.

로저 로젠블라트, 『유쾌하게 나이 드는 법 58』

현재 우리나라는 불행하게도 OECD 국가 중 자살률 1위의 불명예를 안고 있는 나라입니다. 이러한 불안한 삶을 살고 있는 현실에서 자살을 막고자 다양한 활동을 하는 강지원 변호사의 강의를 들은 적이 있었습니다. 흰머리와 하얀 피부의 멋진 노인이었습니다. 그분의 강의 내용은 이러했습니다.

현재를 살아가는 많은 사람은 희망을 외면적 가치인 성공에 기준을 두고 있습니다. 주위에는 그렇게 사는 사람을 많이 볼 수가 있습니다. 그러나 그것에 집착을 하면 할수록 우리는 내면적 가치에 손상을 입기가 쉽습니다. 그 손상이 심하면 문제를 야기시키고 심할 때는 죽음으로 가기도 합니다. 유명 인사들이 왜 자살을 하는가를 보면 사람의 내면적 가치가 얼마나 중요한지를 알 수가 있습니다. 살다 보면 상처를 입지 않을 수 없겠지만 만약 상처를 입었을 경우 그에 대한 트라우마를 극복하는 방법을 필요로 합니다.

첫 번째는 자신이 따뜻한 약손이 되어 스스로를 따뜻하게 치유해주는 것입니다. 아이가 다쳤을 때 어머니가 아이의 상처를 치료해주고 마음을 안정시켜 주듯이 내 자신의 상처에 대해 위로해주는 것입니다. 그 상처가 자의이든 타의이든 상관없습니다. 사실을 인정하고 반성하면서 실수나 잘못이 나에게 어떤 깨우침을 주는지, 어떤 새로운 기회를 만들어 주는지를 찾아내면 됩니다. 그리고 긍정적으로 받아들여야만 합니다. 억울함, 속상함에서는 결코 따뜻함이 나오지 않습니다. 다른 사람을 원망하고 탓하기에 앞서 내 자신이 더 나은 사람이 되면 됩니다.

오로지 자기 자신만 생각하십시오. 남의 생각은 남의 탓이지 내 것이 절대 아닙니다. 거기까지 생각할 여력도 없겠지만 할 필요도 없습니다. 상처에 강한 용기를 갖고 이를 극복한 사람만이 옛날의 평정심을 되찾을 수가 있다고 합니다. 평정심을 되찾으면 얼굴에는 다시 미소가 나오고 상처받은 마음은 치유가 되면서 내공은 쌓이고 더 넉넉해집니다.

갈망이 있는 곳에 희망이 있다

두 번째는 발전을 포기하고 체념하는 것도 한 가지 방법입니다. 욕망과 욕심을 내려놓으면 상처받을 일도 없어집니다.

그동안 우리는 동물적인 경쟁 속에서 살아온 것만은 사실입니다. 모든 상처는 경쟁 속에서 나타납니다. 경쟁 속에서 잘하면 다행인데 그 속에서 실수를 할 경우 질투 속에 있던 사람이 상처를 만들어 냅니다. 이제 거기에서 한 발을 빼고 이제부터 버리고 비우는 진정한 사람의 모습으로 돌아가야 합니다. 최적의 선택으로 역경 앞에서 훨씬 더 긍정적이고 건설적인 태도를 보이게 됩니다. 확고한 인격과 자존감으로 실수의 경험에서도 무언가를 얻어내게 되기 때문입니다.

세 번째는 실수를 빨리 머릿속에서 지우고 우주로 날려 보내셔야 합니다. 대부분 사람은 실패할 경우 자신을 가치 없는 존재로 여기고 낙담하게 됩니다. 인간이기에 실수를 하고 실패를 하는 것입니다. 그 누구나 실패를 할 수가 있습니다. 그것은 무엇인가를 시도했다는 뜻입니다. 살다 보면 실수도 엎어질 일도 많이 하고 사는 게 인생입니다. 엎어졌다는 것은 일어서서 무엇인가를 했다는 의미입니다. 가만히 놀고먹으면 실수도 엎어질 일도 없습니다. 모자람은 성장의 동력이 될 수 있습니다. 단지 넘어짐에서 배울 수만 있다면 오히려 넘어지지 않은 사람보다 더 마음이 큰 사람이 될 수 있습니다. 모자람을 기회로 삼지 못하는 순간 불행이 다시 다가옵니다.

인생의 출발선에 있는 아들딸들의 삶에서도 자의든 타의든 실수와 좌절이 올 수도 있을 것입니다. 중요한 것은 내면적 손상만은 절대 안 된다는 것입니다. 생명과 직결되기 때문입니다. 내면의 손상은 돌이킬 수 없는 선택을 하거나 부정적 인간으로 변할 수 있게 합니다. 그러니 더 이상 자신을 탓하지 말기 바랍니다. 긍정의 내가 되어 스스로를 치유해주고 나 자신에게 무한한 관용을 베풀기 바랍니다.

세상에서 가장 소중한 존재는 바로 나 자신임을 인식해야 합니다. 그러면 손상된 자존감은 빨리 균형을 찾아주게 됩니다. 이 세상에서 넘어지지 않고서는 결코 훌륭한 사람이 될 수는 없습니다. 좌절은 또 다른 성공을 가져올 수 있는 영광의 상처가 될 것입니다.

갈망이 있는 곳에 희망이 있다

09

결코
절망하지 마라

한 번의 성공으로 영원한 승리자가 될 수 없듯,
한 번의 실패로 영원한 패배자가 되지 않습니다.
실패와 좌절은 과정일 뿐입니다.
결코 절망에 빠져서는 안 됩니다.

오십 평생 동안 제게도 수많은 크고 작은 성공과 실패들이 있었습니다. 되돌아보니 항상 실패만 하는 것도 아니고 언제나 이기기만 하는 것도 아닌 것이 인생이었습니다. 한 번의 성공이 삶을 끝까지 책임지는 것도 아니었습니다. 스포츠 경기에서 한 번 우승한 팀이 영원한 우승팀이 되지도 않고, 로또에 한 번 당첨되었다고 해서 영원히 부자로 사는 것도 아닙니다. 반면에 한 번의 실패가 인생을 영원한 패배자로 만드는 것도 아니었습니다. 전교 꼴찌에 가깝던 학생이 어떤 계기로 전교 최상위권에 들거나 사업에 실패하고 노숙인이 된 사람이 마음을 고쳐먹고 재기하여 인생역전을 하는 이야기를 어렵지 않게 접할 수 있습니다. 이렇듯 인생은 성공과 실패가 한데 어우러지며 일생 동안 이어지는 연속공정임이 분명합니다.

한 번 성공했다고 절대 자만해서는 안 됩니다. 한 번 실패를 했다고 결코 좌절해서도 안 됩니다. 그러나 실패보다는 성공의 개수가 더 많을수록 조금 더 나은 삶이 된다는 것은 부정할 수 없는 사실입니다. 그렇기에 실패를 두려워하지 않되 좀 더 성공에 다가갈 수 있도록 노력하기 바랍니다.

지위의 높고 낮음, 재산의 많고 적음에 관계없이 각자에게 주어지는 행복과 불행의 양은 동일해서 인생은 총량제라고 말하기도 합니다. 인생이 언제나 행복하거나 언제나 불행한 사람은 없습니다. 늘 행복과 불행이 번갈아 다가오며, 그 총량이 같은 것입니다. 이것은 사람이라면 누구나 마찬가지입니다. 그러니 우리는 한 번의 실패와 불행에 절망할 필요가 없습니다.

더 중요한 것은 문제가 발생할 때, 실패를 할 때, 좌절하게 될 때 이 힘든 상황이 결국은 필요한 과정이라고 생각하면서 극복해야 한다는 것입니다. 각자의 대응방식에 따라 삶의 차이가 있을 뿐입니다. 어떤 실패가 앞에서 기다리고 있고, 어떤 문제가 지금 좌절시킨다고 하더라도, 그렇게 아무리 앞이 안 보이더라도 이 실패를 내 인생의 과정이라 여기고 극복하는 사람에게 진정 불행 다음의 행복이 찾아오는 것입니다. 절망에 빠져있으면 행복이 찾아와도 그것이 행복인 것을 알아차리지 못합니다. 그러나 어제의 절망 속에도 희망의 에너지가 움트는 것이 인생사입니다. 절망에 빠져 찾아오는 행복을 깨닫지 못하고 불행이라 여기는 것이야말로 진정 불행한 일입니다. 아들딸들도 결코, 절망하지 말고 다시 찾아올 행복을 맞이하여 진정 으로 행복하길 바랍니다.

Part 04

단 한 번의
성공을
만들어라

01

오를 때
이미 내려올 것을
준비하라

사람은 정상에 가는 것이
최대 행복이라 생각하면서 달려간다.
오를 때 이미 겸허함을 몸에 익혀 두어라.
그렇지 않으면 올라갈 때 그렇게 고생으로 얻었던
만족과 영광이 한 방에 훅 갈 수 있다.

일과를 종료하고 팀원들과 조를 편성하여 전라도 광양 백운산 산행을 출발하였습니다. 근무하는 회사에서 백운산을 가려면 이순신 대교를 지나게 됩니다. 대교 위에서 고개를 좌, 우측으로 돌리면 웅장한 남도 바다가 한눈에 들어옵니다. 해수면과 상판까지의 거리가 80미터로 우리나라에서 제일 높다 보니 시야에 들어오는 풍경도 장엄하기 그지없습니다. 춘삼월을 시샘이나 하듯 다리를 건너고 있는 사이에 눈발이 차창을 세차게 내리쳤습니다. 인터넷으로 날씨를 조회한 결과 오늘은 영하의 날씨에 눈비가 온다는 소식이지만 그래도 내일은 맑음이라는 데 안심을 하고선 목적지를 향해 갔습니다.

일행들은 옥룡계곡에 위치한 계곡 옆의 한 펜션에 도착하였습니다. 우리들과 같은 산행계획을 세운 사람이 많은지 주차장에는 차들로 빈틈이 없었습니다. 이미 선발대로 간 팀원들이 준비해 놓은 밥상에는 벌써 염소와 닭을 굽는 냄새가 저의 침샘을 자극하기에는 충분하였습니다. 밥상 뒤편에 위치하는 항아리에는 백운산 특산인 고로쇠물이 밤늦은 여흥시간 동안 우리들의 갈증을 풀어줄세라 대기하고 있었습니다. 통일신라시대 도선대사가 이른 봄 백운산에서 도를 닦다가 무릎이 펴지질 않아 나뭇가지를 잡은 데서 수액이 나와 이를 먹게 되었는데 무릎이 펴졌다고 합니다. 뼈에 좋은 물이라 하여 골리수 骨利水라 이름을 붙였다고 합니다.

매일 반복되는 업무에 눌려온 스트레스를 마음껏 풀 참으로 저와 동료들은 허리띠를 풀었습니다. 노릇노릇한 색깔로 익어가는 염소고기를 곁에 두고 술잔과 함께 그동안 회사에서 못다 한 이야기보따리를 풀었고 첫날 밤은 깊어만 갔습니다. 새벽이 되어서야 잠자리에 들었지만 일찍 기상을 하였고 구수한 된장국으로 조식을 해결하고는 산행을 시작하였습니다. 밤새 불어온 눈보라로 출발 선상에서 본 백운산 꼭대기는 하얀 눈으로 덮힌 설산이 되어있었습니다. 출발 전 파이팅을 외치는 모습을 인증 샷에 담고 산행을 시작하였습니다.

산행을 하다 보면 수많은 오르막과 내리막이 나타납니다. 그럴 때마다 항상 생각나는 시가 있습니다. 고은의 시 '그 꽃'입니다. 너무 짧

단 한 번의 성공을 만들어라

아서 외우기도 좋고 마음을 꼭 찌르는 글이기 때문입니다.

'내려갈 때 보았네. 올라갈 때 보지 못한 그 꽃'

눈길을 걷다 보니 얼마 오르기도 전에 무릎이 아프기 시작했고 온몸이 땀으로 덮이기 시작했습니다. 힘은 들었지만 오를수록 아직 아무도 밟지 않은 순백색의 고운 눈은 지치고 있는 몸을 달래주기에는 충분하였습니다. 정상 상고대에서 사방팔방으로 내려보는 풍경은 한마디로 설렘 그 자체였습니다. 북쪽으로는 말로만 듣던 지리산의 장엄한 모습도 한눈에 들어왔습니다. 지리산이 큰 집이라면 백운산은 작은 집이라 보면 딱 맞는 비유인 것 같습니다.

정신없이 정상만 바라보고 올라오긴 했는데 문제는 내려가는 것이었습니다. 초봄이라 눈이 이렇게 많이 올 것을 예상치 못해 아이젠을 미처 준비하지 못했던 것입니다. 미끄러짐을 수차례 반복하였고 절벽을 내려올 때는 밧줄과 나뭇가지에 의존했습니다. 거의 기다시피 내려오다 보니 중간쯤에서 이미 하체의 체력은 바닥이 나버렸습니다. 세 시간 종주를 예상하고 시작한 것이 여섯 시간 동안 산행을 한 셈이 되었습니다. 목도 마르고 배도 고프고 다리도 아프고 몸도 추웠습니다. 다행히도 모두 무사히 내려왔지만 동료들의 얼굴에는 한결같이 힘들어하는 모습들이 역력했습니다.

산행을 하다 보면 이처럼 힘들 때가 많이 있습니다. 그러나 고비 고비마다 우리는 쉬어감을 배우게 됩니다. 잠시 멈추어 헐떡거리는 숨을 고르고 물 한 모금, 과일 한 조각으로 에너지를 채우고는 다시 또 정상을 향해 갑니다. 잡힐 듯 말 듯한 정상이 저기인데 포기하고 싶을 때도 많습니다. 누구는 포기하고 내려가기도 합니다. 그러다가

단 한 번의 성공을 만들어라

정상에 도달하면 그 무엇도 부럽지 않은 행복감과 자신의 노력에 대한 칭찬을 스스로 아끼지 않습니다. 이제 내려갈 일만 남아 마음도 한결 푸근합니다.

인생도 마찬가지입니다. 때로는 정상에 가는 것이 최대 행복이라 생각하면서 달려가기도 합니다. 오를 때는 정말 힘이 들기도 합니다. 그런데 중요한 것이 하나 있습니다. 내려갈 때를 더 조심해야 합니다. 오를 때 이미 아이젠을 준비해야 하는 것처럼 정상에 도착하기 훨씬 전부터 겸허함을 미리 몸에 익혀 두어야 합니다. 내려갈 때는 더 자신을 낮추고 미끄러지지 않도록 관리해야만 합니다. 요즈음은 한 방에 훅 가는 시대입니다. 올라갈 때 그렇게 고생했던 노력으로 얻었던 만족과 영광을 한꺼번에 잃을 수도 있습니다.

아들딸들의 삶도 이왕이면 산행처럼 정상까지 올라가는 삶을 한번 추구해 보기 바랍니다. 그리고 정상에서 마음껏 누려보기 바랍니다. 그러나 내려올 때 모두를 내려놓고 후회 없이 내려올 수 있도록 이미 오를 때 선하고 겸허한 마음을 미리 챙겨 올라가길 바랍니다. 내려올 때는 가벼운 마음으로 올라갈 때 힘이 들어 못 본 그 꽃까지 보면서 말입니다.

02

리더가 되기 전
갖추어야할 덕목

리더는 주인공이 아니다.
진짜 주인공은 현장에서 묵묵히 일하는 직원들이다.
성공하는 리더는 '나를 따르라'고 하는 것보다
스스로 따르게 할 수 있는 능력을 갖춘 자이다.

입사 동기생들과는 출발선상이 같지만 세월이 지나면서 각자의 가치관과 능력에 따라 가는 길이 제각기 다릅니다. 누구는 노조활동을 하면서 직원신분으로 있는 반면에 누구는 간부의 길을 걷습니다. 나름 리더의 길을 가고자 하는 사람들에게 필요한 이야기입니다.

직원 시절에는 내가 맡은 일만 잘하면 됩니다. 그러나 간부가 되는 순간부터는 요구되는 것이 있습니다. 일 이외 덤으로 부하직원이 생기게 되므로 리더십을 요구하게 됩니다. 아래 직원들에게도 눈치를 봐야 하고 상위직급 간부에게도 지시도 받아야 합니다. 그래서 중간 간부는 힘든 직책입니다.

제가 중간간부 시절 본사근무 때 이야기입니다. 보통 저녁 10시 이후가 되어서 퇴근하고 이른 아침에 출근해서 일을 해도 업무 진도가 나가질 않았을 때가 있었습니다. 과도한 업무량 탓도 있었지만 기안이 세련되질 못해 결재과정에서 퇴짜를 맞은 횟수만 해도 열 번이 넘었던 기억이 있습니다. 상사로부터 엄청난 질책도 당해봤습니다. 스스로 화가 나기도 하고 자존감도 많이 무너졌던 시절이었습니다. 하지만 간부가 된 이상 그 지시가 정당하다는 전제하에서는 어떤 조건에서도 항명은 불가하며 충성을 해야 간부로서 자질이 있다 할 수 있습니다.

중간간부를 거쳐 고급간부가 되면 적게는 수십 명에서 많게는 수백 명의 부하직원을 거느리는 조직의 장이 됩니다. 이때부터 진짜 리더가 됩니다. 이때부터 본인은 주인공이 아님을 깨달아야 합니다. 진짜 주인공은 현장에서 묵묵히 일하는 직원들입니다. 성공하는 리더는 '나를 따르라'고 하는 것보다 스스로 따르게 할 수 있는 능력을 갖춘 자입니다. 고급간부가 될수록 중간간부와 직원들에게 사심이 전혀 없이 공명정대한 리더가 되어야 합니다. 올바른 사명감으로 의사 결정을 내린 후에는 모든 것을 스스로 책임지겠다는 희생정신도 필요로 합니다.

간부가 되면 본인의 의지와 관계없이 다양한 일들을 겪게 됩니다.

아버지의 인생수첩

너무 능력이 출중하다든지 너무 앞서가면 별일 아닌 것에도 구설수에 휘말리게 되기도 합니다. 모든 것이 사람과의 관계인지라 조직 내에 힘겨운 일이 생길 수도 있습니다. 이를 대비하기 위해 꼭 필요한 것이 있습니다. 대학에서 나오는 대인의 정의와 같이 '덕이 높고 그릇이 큰 사람'이 될 필요가 있습니다. 그러지 않고서는 더 높은 직위로 가려는 생각을 버려야 합니다. 왜냐하면 담을 그릇이 튼튼하지 않은데 담으려고 하면 반드시 탈이 나기 때문입니다. 요즘은 성공한 사람이 더 우울증에 걸린다고 하지 않습니까? 그래서 성공하려면 직위가 낮은 시절부터 스스로 큰 사람이 되도록 마음의 근육을 키우도록 훈련을 해야 합니다.

나아가 윤리적이고 도덕적인 자세도 요구됩니다. 성공은 내가 품고 있는 윤리적이고 도덕적인 마음만큼 가능하게 되어 있습니다. 중세 기독교에서 말했던 일곱 가지 덕성Virtue을 키워야 합니다. 정의, 신중함, 절제, 인내, 희망, 믿음, 자비를 일컫는 개인적인 도덕적 자질 말입니다. 도덕적인 자질이 크면 크게 성공하고 적으면 적게 성공한다는 사실도 우리 젊은 세대들은 알아야 합니다.

아들딸들도 조직생활에서 먼 훗날 조직에서 리더가 되는 삶도 살 때가 올 것입니다. 리더로 가는 것도 중요하지만 더 중요한 것은 훌륭한 리더가 되어야 한다는 것입니다. 무엇보다 대인과 같은 큰 덕을 품어낼 수 있는 리더로 성장하길 바라봅니다.

단 한 번의 성공을 만들어라

03

나만의
전문성을 키워라

전문성을 키우면 자기도 모르는 사이에
창의력까지 나오게 된다.
전문성은 스스로 자부심을 주고
조직에는 장족의 발전을 가져올 것이다.

발전소에서 하루는 참 다양합니다. 전기, 제어, 기계, 화학 등 각 분야에서 할 일들이 유기적으로 연결되어 시스템적으로 운영되고 있습니다.

감사실에서 특별조사업무를 맡고 있었을 때 일입니다. 현장에서 발생하는 일들 중 부적절하게 발생되는 것에 대한 조사업무였습니다. 동료로부터 업무를 이관 받은 것 중 해결의 실마리를 찾지 못한 채 3개월간 미궁에 빠진 업무가 있었습니다. 이것으로 인해 발전소에서는 수시로 출력을 감발하였고 때론 발전기를 정지하여 그 부품을 수리하는 것이 일상화되어 있었습니다. 직원들이 수시로 발생하는 고장에 대해 상당히 고생을 하고 있었습니다.

저는 그 업무를 넘겨받자마자 조사에 착수를 했습니다. 처음부터 하나 둘씩 원인을 조사하던 중 우연히 한 회사로부터 제보가 들어온 것이었습니다. 과거에 그 제품을 납품했던 경쟁업체였습니다. 아마도 그 부품은 가짜일 것이라는 말 한마디였습니다. 그 말에 힌트를 얻어 기존 제품을 수거하여 국내 연구소에 조직검사를 의뢰하였고 그동안 납품 시마다 들어왔던 시험성적서를 전수조사 하였습니다.

결론은 위조로 판명이 났습니다. 장치 속에 들어가는 핵심부품을 일본에서 수입한 후 납품업체 공장에서 가공 후 설치하다 보니 재질을 확인할 길이 없었던 점을 악용한 사안이었습니다. 그 업체는 국내에서 생산한 값싼 재질을 가공하여 수입품 대체로 사용했던 것입니다. 결국, 그 회사는 부정 업체로 제재를 받게 되었고 위조성적서는 근원적으로 차단토록 하였습니다. 회사 입장에서는 정상적인 운전이 가능하게 되었고 그 조사결과도 감사원에 보고하게 되었습니다. 그즈음에 원자력 발전소 시험성적서 위조파문으로 세상이 떠들썩하기도 했었습니다.

또 한 건은 인도 발전소에 가서 기술자문을 수행한 이야기입니다. 국내외 꽤 알려진 석탄 공급사에서 저희 회사에 기술자문 요청이 들어왔었습니다. 인도에도 석탄을 공급하는데 인도 발전소 측에서 석탄 품질의 문제로 발전소가 정지 위기에 있다고 불평이 제기된 것이었습니다.

당시 사내에서 연소기술 전문가로 활동하던 차였는데 제가 기술자문을 가게 되었습니다. 석탄 공급사에선 인도 영어에 능숙한 직원을 동행하게 해 주었습니다. 뭄바이에 내려 다시 국내선 비행기를 타고 작은 시골 마을에 내렸습니다. 다시 대기해 있던 승용차로 네 시간을 달려간 후 발전소에 도착하였습니다.

3일에 걸쳐 설비를 조사한 끝에 답을 찾아내었습니다. 문제는 석탄품질에 있었던 것이 아니라 운영을 잘못하고 있었던 것이었습니다. 국내 한 중소기업이 과도한 벌금을 물을 뻔했던 사안이었습니다. 평소 전문가로 활동한 덕분에 문제도 해결해 주고 인도국가도 공짜로 구경하게 된 셈입니다.

조직에서 한 부분에 전문성을 가지면 그 사람의 이미지로 각인이 됩니다. 그리고 항상 꼬리표가 따라다니게 되어 나를 대내외에 알릴 수 있는 기회가 되기도 합니다. 이 두 가지 일에 대한 해결은 지금까지 회사생활에서 스스로 가장 자랑스럽고 기억이 남는 일이 되었습니다. 지금은 퇴직을 하셨지만 그 당시 기술부문 상사께서 하신 말씀이 생각납니다. 시험성적서 위조 건은 엔지니어로서 참으로 부끄러운 일이 아닐 수가 없다고 하시면서 우리들이 갖추어야 할 것 중 하나가 전문성이라고 하셨습니다.

전문성을 키우기 위해서는 스스로 도전정신을 필요로 합니다. 평소 끝없는 노력과 학구적인 자세가 뒷받침이 되어야 합니다. 가슴속에 열정도 필요합니다. 그러면 자기도 모르는 사이에 창의력까지 나오게 됩니다. 토머스 에디슨이 창의력을 발휘하게 된 것도 '계속 시도한 것'이라고 하였습니다.

　아들딸들과 같은 젊은이들도 회사에 몸을 담게 되면 자기 분야에서는 최고의 전문성을 지니도록 당부해 봅니다. 그러면 스스로도 자부심을 느끼고 그것들이 하나의 밑거름이 되어 조직과 개인에게 장족의 발전도 가져올 것입니다.

04

단 한 번의
성공을 만들어라

우리의 삶은 내가 하고픈 것을 갈망하면서 살게 되어 있습니다. 학창 시절에는 좋은 대학을, 대학을 졸업할 무렵이면 좋은 직장을 갈망하면서 살아갑니다. 보다 높은 직책, 예전보다 윤택한 삶 등을 갈망하듯이 우리의 인생은 많은 욕망 속에서 살아갈 수밖에 없습니다. 그러나 욕망이 있는 곳에는 반드시 상처가 있기 마련입니다. 단지 정도의 차이일 뿐이지 욕망이 있는 한 그 누구도 고통과 상처를 피해갈 수는 없습니다.

저 역시도 크고 작은 실패로 많은 아픔을 안으면서 살아온 것 같습니다. 명문 고등학교 진학 실패도 수차례의 승진 실패도 그러했습니다. 남들보다 삼 년이나 더 긴 군대생활의 고독함도 더더욱 그러했습니다. 제 큰아들 녀석도 저만큼이나 젊은 날에 시행착오를 겪는 것 같습니다. 대학 진학에도, 나름 자기 인생을 위해 도전하는 시험에도 그랬습니다. 노력에 비해 그만큼 성과가 나오질 않아 제 마음속에는 안타까운 심정이 항상 남아 있었습니다. 위로해 주고 싶은 마음은 컸지만 그것이 오히려 아들에게 더 위축된 마음이 들게 될까 염려스러워 말도 꺼내질 못한 적도 있습니다. 제 마음속으로는 언젠가는 스스로 극복하길 간절히 소원하고 있었습니다.

아들은 몇 번의 도전 끝에 휴학을 하고 군 입대를 선택하였습니다. 군대로 떠나기 전 아들의 마음은 칼로 도려내듯 아팠을 텐데 겉으로 보여준 아들의 마음자세는 참 훌륭했습니다. 저와 아내에게 더 자기를 성찰하고 단련시키기 위함이라고 마음을 고백한 편지를 주었습니다. 어느 책에서 얻어 온 '지금 아픈 것은 아름다워지기 위함'이라는 글귀를 아들에게 문자로 주는 것 이외에 딱히 위로의 방법을 찾을 수가 없었습니다.

2년의 세월은 빠르게 흘렀고 아들은 무사히 전역을 하였습니다. 입대 전보다 훨씬 씩씩해 보였고 내공이 쌓인 듯했습니다. 전역을 하고 몇 달 지나지 않아 아들은 저와 아내에게 큰 선물을 하나 안겨주었습니다. 본인이 평소 원하던 대학의 편입시험 합격통지서였습니다. 자식을 가진 오십대 부모의 심정은 아마도 똑같았을 것입니다. 그 합격의 기쁨은 저희 부부에게는 그동안 마음속에 응어리졌던 안타까움을 녹여주기에 충분하였습니다.

그동안 아들은 스스로 많이도 실망했었지만 한편으로는 크게 갈망했었습니다. 합격을 하고 나서야 아들이 제게 고백했던 내용인즉 군대 생활동안 틈만 나면 영어 공부와 편입시험 준비를 병행했다고 합니다. 신비롭게도 그 간절함은 이루어진 것입니다. 누군가가 아름다운 종소리를 더 멀리 퍼뜨리려면 종이 더 아파야 한다고 했던 글귀가 떠오릅니다. 저는 아들의 간절함을 들어준 데 대해 속으로 감사의 기도를 올렸습니다.

편입한 대학의 캠퍼스와 하숙집을 둘러보고 저의 가족들은 점심 식사를 그 지역에서 인기가 있는 칼국수 집으로 갔습니다. 인산인해로 한참이나 기다렸습니다. 수타로 만든 울퉁불퉁한 면에 들깨와 부추가 어우러진 칼국수는 오십 평생 동안 먹어 본 것 중 가장 맛이 있었습니다. 진짜 맛도 있었겠지만 그것보다는 더 맛이 있었던 이유는 수많은 날들 속에서 아픔을 품고 태어난 아들의 노력이 포함되어 그랬을 것입니다. 요즈음 주말마다 집에 가면 아들의 얼굴에서는 너무나 만족스럽고 활기찬 캠퍼스 생활을 보내고 있음을 읽을 수가 있습니다. 과거의 힘든 일을 잘 이겨내고 현재 더 성장한 아들의 모습이 참으로 대견하기만 합니다.

아마도 아들은 이번 합격에서 기쁨과 함께 겸허함도 배웠을 것입니다. 앞으로도 수많은 도전이 다가올 것입니다. 그러나 이 단 한 번의 성공으로 자신감이 넘쳐날 것입니다. 이제는 낙담하지 않고 어떻게 하면 좀 더 잘해낼 수 있을지만을 고민할 것입니다. 이번 한 번의 성공이 앞으로 무한한 긍정의 힘을 가져다 줄 것입니다. 결핍을 삶의 동기로 만드는 사람은 어떠한 역경 속에서도 성공의 문을 향해 나갈 수 있습니다.

젊은 청춘들이여! 단 한 번의 성공을 가져오도록 노력하시기 바랍니다. 그러면 나머지 패들도 확 풀릴 것입니다.

단 한 번의 성공을 만들어라

제 보폭대로
살아가야 한다

출발선이 늦다고 재촉하지 마라.
세상은 공평해서 언젠가
그 무엇으로도 보상이 된다.
제 보폭대로 살아가는 삶도
너무나 아름다운 향기가 있는 것이다.

저의 삶은 대학 2학년부터 서서히 지치기 시작했습니다. 부모로
부터 독립하여 살아보니 사는 것이 만만치가 않았을뿐더러 특히 제
앞에 보이는 미래는 아무것도 없었습니다. 자연과학이 전공이다 보
니 대학원을 진학해야만 나름 취업의 길도 열리는 까닭에 학업에 열
중하려고 하니 곤궁한 처지가 문제였습니다. 대학 입학 후부터 해 왔
던 은행 야간경비 아르바이트 생활도 지쳐가고 있었던 터라 이런 저
런 생각으로 방황하며 보내던 어느 날 캠퍼스 게시판 안내문을 보게
되었습니다. 군복무를 남들보다 3년을 더 하면 3, 4학년 동안 국방부

장학금을 준다는 것이었습니다. 한순간의 망설임도 없이 학군단 문을 두드렸고 그렇게 시작한 것이 ROTC 였습니다. 그 당시 받은 장학금은 국립대 학비를 내고도 돈이 남았습니다. 남은 돈은 어머니 생활비로 드렸던 기억도 있습니다. 장학금 덕분에 대학은 무사히 마칠 수가 있었고 장교까지 되었습니다. 그러나 그때 선택했던 장기 군복무는 정상적으로 2년 3개월의 군 생활을 마치고 사회에 나가는 동기들이 그렇게 부러울 것이라고는 상상조차 못 했던 일이 되었습니다. 대학 3, 4학년 훈련부터 군 생활 5년을 합해 총 7년 3개월을 제복만 입는 셈이었습니다. 먼저 전역한 동기들의 모습에 가슴 아팠던 마음이 채 아물기도 전에 5년이란 세월도 어김없이 흘러갔습니다.

이 시대 지성인으로 평소 존경하는 교수님의 이야기입니다. 언론학을 전공 후 기자 생활에 여념이 없었다고 합니다. 어느 날 미래 자기의 모습을 상상했을 때 비전이 보이질 않았다고 했습니다. 결심 끝에 모든 것을 청산하고 가족들과 미국 유학을 떠났고 7년의 유학생활을 마쳤다 합니다. 지금은 서울 소재 대학 교수로 재직하고 계십니다. 비록 본인은 남들보다 7년이란 세월이 늦었지만 결코 후회가 없다고 합니다.

저 역시 어쩔 수 없이 선택한 장기복무였지만 5년 3개월간의 군 생활은 결코 소모적이지 않았다고 생각합니다. 리더십과 충성심을 배웠습니다. 그리고 더 소중한 기다림의 인내심도 알게 되었습니다. 저만의 보폭에 만족하는 삶도 깨닫게 되었습니다.

단 한 번의 성공을 만들어라

요즘 젊은이들은 각종 스펙을 쌓다 보니 사회 출발선들이 우리들 세대들보다 훨씬 늦다고 합니다. 혹시 늦게 출발하는 삶이 자기 자신에게 주어질지라도 결코 실망하지 말기를 바랍니다. 타인과의 비교로 그것을 따라잡으려고 재촉도 하지 말기 바랍니다. 속도보다는 방향이 더 중요합니다. 살면서 우리가 겪게 되는 고통의 총량은 같다는 '고통량 불변의 법칙'처럼 세상은 공평해서 언젠가 그 무엇으로도 보상도 됩니다. 제 보폭대로 살아가는 삶도 너무나 아름다운 향기가 있다는 사실을 알아주길 바랍니다.

아버지의 인생수첩

06

불행 없이
성공하는 방법

사회가 제시하는 성공의 기준에
스스로를 맞출 필요는 없습니다.
행복은 타인이 아닌,
이 사회가 아닌 자기 자신이 만들어 가는 것입니다.
김도운, 『진정한 성공이란 무엇인가』

　서울에서 친구가 찾아왔습니다. 먼 길을 달려 여수까지 저를 만나러 온 것입니다. 언론에 근무하는 친구라 회사일로 몇 번의 자문으로 신세를 진 적이 있었습니다. 이참에 신세도 갚을 겸 고민 끝에 비용에 다소 부담은 있었지만 여수에서 가장 씽씽하고 인기기 좋은 횟집에서 친구를 맞이했습니다. 그리고 깨끗한 모텔로 숙박 장소도 마련했습니다.

　만나자마자 친구는 특유의 언변술로 이야기보따리를 풀어놓았습니다. 나름 저보다 훨씬 갑의 위치에서 생활하는 친구라 대화 내용들도 묵직했습니다. 언론생활의 습관 탓인지 가끔씩 묻어나오는 대화에서는 씁쓸한 내용들도 있었습니다. 동기들 중에서는 벌써 천억 대 재산가가 있다느니, 이번 선거에서 국회의원이 몇 명 나왔다느니, 군대에서는 장군이 몇 명이다고 하는 내용들이었습니다. 이야기의 잣대가 대부분 성공적인 삶을 산 동기들의 이야기였습니다. 그리고 나서야 저에 대한 안부를 물었습니다. 예전 같았으면 기가 죽었을 법도 한데 저도 그동안 많은 내공이 쌓인 모양입니다. 돈도 모은 것이 없고 조직에서 큰 꿈도 없다고 했습니다. 그렇지만 아직까지 가족들을 부양해 주고 출근해서 직원들과 하루를 즐겁게 보낼 수 있는 직장과 건강한 삶이 있어 행복하다고 했습니다. 나름 고민하여 선정한 횟집이건만 이런 회는 서울에서도 자주 먹는다고 치부하는 바람에 씁쓸한 마음을 금할 길도 없었습니다.

그날 저녁 친구를 대접하기 위해 쓴 비용은 월급쟁이로서 결코 적은 돈은 아니었습니다. 술에 취한 친구를 숙소까지 안내하고 사택에 들어오니 밤 열한 시를 넘긴 시각이었습니다. 평소 같았으면 피곤에 곯아 떨어졌을 법도 한데 밤새 생각으로 뒤척거렸던 밤이 되고 말았습니다.

해마다 승진 철이 다가옵니다. 요즘이 그런 날들입니다. 심사위원으로 누가 들어갔느니, 올해 몇 명 뽑느니, 5배수엔 누가 들어갔느니 하면서 승진이야기로 회자되고 있습니다. 역량이 뛰어난 사람은 중요 보직을 얻고 리더십이 뛰어난 사람은 승진을 잘한다고 합니다. 직장에서 최고의 기쁨은 승진임에 틀림없습니다. 직장생활에서 그것만큼 순간적인 기쁨을 주는 것도 없습니다.

이처럼 조직에서 승진도 해야 되는 것은 사실이지만 중요한 것은 승진만이 전부가 아니라는 것입니다. 승진이 곧 능력이라기보다 승진은 '운칠기삼'이 더 맞는 말입니다. 운도 좋아야 하고 승진할 당시 나와 같이 근무한 상사와도 맞아야 합니다. 행여나 승진을 위해 노력하다가 누락되더라도 모든 것은 내 탓이라 여겨야 마음이 편합니다. 내가 부족한 점을 되돌아보는 순간 다음 해를 기약할 수가 있습니다. 상대 탓이라고 돌리는 순간 모든 화살은 내게 되돌아와서 결코 그 과정을 극복할 수 없다는 것을 기억해야만 합니다.

반면에 승진한 사람은 승진의 영광을 남의 덕분으로 돌릴 줄 알아야 합니다. 그리고 나와 경쟁한 상대자를 위로해 줄 수 있어야 합니다. 그래야 다음 단계까지 뻗어 나갈 수 있는 더 큰 사람이 될 수 있는 것입니다. 내 능력이라고 자찬하는 순간 그 사람은 그 자리밖에 머물지 못합니다. 아예 5배수에도 못 들어간 동료들도 한번 되돌아볼 줄 알아야 합니다. 승진의 대열 자체에도 끼이지 못하고 매일 일만 해야 하는 직원들의 마음도 헤아려 보아야 합니다. 그렇게 할 줄 아는 사람만이 승자의 배려가 있는 진정한 승자일 것입니다.

사회로 나오는 출발선에 서있는 아들들도 결코 피할 수 없는 과정들입니다. 돈도 명예도 심지어 직장에서 승진도 추구하는 삶은 필요합니다. 그러나 성공에 대한 분명한 사실 한 가지가 있습니다. 성공

단 한 번의 성공을 만들어라

을 추구하는 삶을 살다 보면 어느 한쪽을 희생해야 하므로 불행이 올 수도 있다는 사실입니다. 열정을 다해 자신의 행복만을 찾아가길 바랍니다. 그게 불행 없는 성공을 향하는 최선의 길입니다. 행복은 사회의 기준이 아닌 바로 내가 만들어가는 것입니다. 아들이 앞으로 무엇을 하며 살아가든 간에 그것이 행복하기만 하면 아버지로서 대만족할 것입니다.

07

세 가지
인생비법

상처에서도 웃을 수 있는 온화함,
꿈을 찾아가는 자세와 인연을 중요시하는 마음
그리고 위로를 사양하는 굳건한 마음가짐은
치열한 경쟁사회에 필요한 요소이다.

전설의 PD 출신 모 교수님에 대한 이야기를 할까 합니다. 그분의
특강에서 얻은 삶의 철학을 제 혼자 알기에는 너무나 아까워서 그렇
습니다. 상처와 영광 속의 삶에서 체득한 그분의 깨달음은 제게 큰
감동을 안겨주었습니다.

한마디로 우리들의 인생은 이미 정해져 있는 것이며 결국 시간이
없다는 것이 그분이 던져준 첫 번째 메시지였습니다. 살아오면서 받
은 상처가 얼마나 힘들었는지 '원망과 선망은 적이 되니 소망과 희망
으로 바꾼 인생을 살아라. 힘든 시간은 줄이고 즐거운 시간만을 가져
라'라고 했습니다.

단 한 번의 성공을 만들어라

연세가 육십을 넘은 나이임에도 중년과도 같은 복장과 외모가 청강생들에게서 탄성을 자아내게 하기에는 충분하였습니다. 아마도 욕심과 야심을 버리고 행복을 추구하며 살아온 생활습관 때문인 것 같기도 하였습니다. PD 출신임에도 글을 쓰는 것을 즐겨 하고 음악을 좋아하였습니다. 강의 슬라이드에 묻혀있는 가족사진에서 가족의 화목을 중시하고 본인의 영혼 또한 자유롭게 살아가고자 하는 것이 베어있었습니다.

본인의 성공비결도 자랑스럽게 이야기하였습니다. 마음속에는 저항과 반항심이 컸지만 겉으로는 온화함을 지녔다는 것이었습니다. 또한 운이 좋은 사람으로 살려면 첫째도 둘째도 남에게 상처를 주지 않아야 한다는 것이었습니다. PD라는 직업 특성상 연예인들의 삶과 함께하다 보니 우월적 지위를 가지고 살아갈 수밖에 없는 그들에게 스스로 친절을 익히게 되었다고 했습니다.

남들이 잘나간다고 생각했던 한때에는 남들의 시기와 질투심으로 이완용 정도까지 비유당하는 수모도 당했다고 했습니다. 그런 수치심과 상처 속에서도 본인은 웃었다는 것이었습니다. 모든 것을 받아들여 바다가 되었고 그래서 물고기와 해녀들이 고맙다고 인사하고 간다고 합니다. 존중의 의미로 그분은 자작시를 만들었습니다. "난 이렇게 살다 죽을게. 넌 그렇게 살다가 죽으렴."

두 번째 저에게 던져준 메시지는 꿈과 친구였습니다.

어릴 적부터 마음속에 울려 퍼지는 노래들을 들려주고 싶어 나이

쉰다섯에 음반을 냈다고 합니다. 그 노랫가락에는 반드시 들어있는 단어가 '꿈'과 '친구'였습니다. 꿈이 없다면 살 의미가 없고 친구가 없다면 살 재미가 없다고 했습니다. 꿈이 있기에 아직도 젊음을 유지하고 있고, "인연이 모여야 인생이 된다"면서 먼저 나 자신이 좋은 친구가 되는 것이 정말 중요하다고 했습니다.

지금 그분 나이 또래의 친구들은 서로의 경쟁적, 성공적 잣대로 사라지고 만나는 사람은 몇 분 없다고 합니다. 단지 밴드 글 등을 통해서만 서로를 위로하는 삶을 살아가는 처지가 되었지만 그래도 살아오면서는 좋은 친구가 되도록 노력해야 한다고 합니다. 경쟁사회에는 친구를 사귀는 게 그렇게 쉽지는 않지만 친구를 사귀기 좋아하다 보면 사랑이라는 마음이 생겨 스스로 행복해진다고 표현했습니다.

사랑한다는 것은 그 사람이 잘되기를 바라는 것이고 그가 잘되었을 때는 더 기쁨이 넘치므로 행복하다고 했습니다.

마지막으로 그분은 위로를 결코 사양한다고 했습니다. 살면서 받는 상처와 좌절 속에서 일어서고자 할 때는 반드시 위로를 사양하고 스스로 일어서는 강건한 마음을 가지고 홀로 일어서라고 했습니다.

지금 우리나라는 상처투성이입니다. 빠른 경제성장 속에서 서로 잘 살려고 하다 보니 경쟁과 욕심이 난무하고 있습니다. 거기에다 인터넷이 발달하다 보니 조직에서나 사회에서 상처를 받는 일들이 허다합니다. 한 사람을 비난하는 방송매체와 이에 동조하는 일반 네티즌들로 인해 한사람의 인생이 죽음으로 내몰리는 데는 그다지 오래

걸리지 않는 것이 현 우리 사회의 현실입니다.

　경쟁에서 치열한 싸움을 하려고 준비하는 자식들이 이분과 같은
삶을 살아갈 준비가 되어 있다면 아버지로서 다소 안심이 될지도 모
르겠습니다.
　상처에서도 웃을 수 있는 온화함, 꿈을 찾아가는 자세와 인연을
중요시하는 마음 그리고 위로를 사양하는 굳건한 마음가짐은 저도
미처 갖추지 못했던 덕목이었습니다.

아버지의 인생수첩

08

병 같지도 않은 병,
불면증

불면증은 잠을 자려는 의지가 너무 강해서 생기는 병일 수 있습니다.
잠은 마음을 굳게 먹고 노력하면 오히려 더 달아날 수 있어요.
잠에 대해서 신경을 쓰지 않을 때 잠이 옵니다.
제롬 데이비드 샐린저 『호밀밭의 파수꾼』

젊은 시절에는 잠에 대해 전혀 걱정이 없었는데 오십이 넘어서는 잠 못 들 때가 가끔씩 찾아옵니다. 특히 낯선 곳에서 적응해야 하는 탓인지 여수에 와서는 자주 불면증에 시달리기도 했습니다. 누군가가 수맥과 살기맥 등이 교차하면 불면증이 올 수 있다고 해서 침대방향도 바꾸어 보았습니다. 밤새 뒤척이다 출근하면 하루가 너무 힘이들기도 하였습니다. 이틀 정도 불면의 밤이 이어지면 저도 모르게 불면증이 아닌가 의심을 하게 됩니다.

이틀이 지나고 삼 일째까지 잠이 안 오면 걱정이 앞서게 됩니다. 새벽에 수시로 시간을 확인하다 보면 날이 새기도 했습니다. 큰일 났다 싶어 여기저기 검색을 하고 관련 책도 구입해 단숨에 읽어 보았습니다. 공통된 답이 한 가지 나왔습니다. 한마디로 잠에 대한 염려 자체를 없애는 것이었습니다. 잠자리에 누우면 잠에 대한 걱정을 버리고 다른 좋은 이미지나 생각을 하면서 자면 해결된다고 하였습니다. 그것을 의학적 용어로 인지행동치료라고 합니다. 잽싸게 수면에 도움이 되는 원칙들에 대해 한 페이지로 요약을 해 보았습니다.

낮 동안에는 카페인이 들어있는 커피, 홍차, 녹차, 콜라 등은 피하는 것이 좋습니다. 오전에 커피 한두 잔 정도는 괜찮다고 합니다. 야외에서 운동을 하고 햇빛을 쬐어주는 것이 좋다고 합니다. 노출시간이 길면 몸에서 세로토닌을 분비하여 수면 유도 호르몬 멜라토닌을 분비하기 때문입니다.

저녁 수면환경 조성방법도 알아보았습니다. 먼저 일찍 자고 일찍 일어나는 습관을 들게 하는 것이 좋다고 합니다. 가능한 알코올은 피하며 수면제는 의존상태까지 가도록 복용해서는 안 된다고 합니다. 의존을 넘어서 중독으로 가면 불면의 고통을 가중시켜 여러 가지 합병증이 일어날 수가 있기 때문이라고 합니다. 수면제 복용 자체를 안 하는 것이 가장 좋다고 합니다.

잠들기 1시간 전 휴대폰이나 전자기기를 사용하지 말 것과 침대에서 멀리할 것을 권유하고 있습니다. 잠이 오기 전에 복식호흡과 좋은 생각으로 심신을 편안하게 해주고 반신욕으로 긴장을 푸는 것이 좋은 환경이라 합니다. 쾌적한 수면온도는 18-22℃로 다소 써늘한 것이 좋다고 합니다. 깊은 잠을 오게 한다는 것이 그 이유입니다. 수면안대와 귀마개 효과가 크다는 과학적인 증명도 있습니다.

수면에 도움이 되는 음식도 알아보았습니다.

대추차와 따뜻한 우유는 숙면에 도움이 되는 세로토닌과 멜라토닌 생성에 풍부한 트립토판이 풍부하다고 합니다. 기타 견과류, 체리, 바나나, 통곡물 시리얼, 통곡물 빵, 요구르트, 허브차 등도 좋다고 합니다. 단 잠들기 전에는 물도 마시지 말라고 합니다. 왜냐면 새벽에 잠을 깨우기 때문이기도 합니다. 억지로 잠을 청하지 말고 잠이 올 때만 침실로 가야합니다.

저도 그대로 실천해 보았습니다. 잠들기 전 복식호흡으로 심신을 편안하게 해 주고 반신욕과 대추차 복용을 꾸준히 실행하였습니다. 잠잘 때는 수면안대와 귀마개는 꼭 착용하였습니다. 잠들기 전에는 잠을 못 잘 것 같다는 잘못된 생각 자체를 없애고 아무 생각 없이 오직 잠자는 것에만 집중하였습니다. 그러던 어느 날부터인가 불면증이 사라졌습니다. 불면증은 마음 먹기에 달린 병이란 걸 깨닫는 순간이었습니다. 그동안 병 같지도 않은 병으로 고생만 한 것 같았습니다.

주위에는 의외로 불면증에 시달리는 사람들을 많이 보게 됩니다. 특히 갱년기를 접한 친구들이나 친구들의 아내들에게서 하소연을 많이 듣습니다. 자식들도 살다 보면 때론 불면증이 올 수도 있을 것입니다.

　수면! 크게 어렵지는 않습니다. 잠에 대한 통제력과 자신감을 가지길 바랍니다. 오로지 긍정적인 생각만 하고 수면환경만 잘 조성해 보세요. 스르륵 하며 나도 모르는 새 잠이 오는 날이 올 것입니다. 모두 상쾌한 아침을 맞이하길 소원합니다.

09

누구나 저자가
될 수 있다

글쓰기는 논문을 써야 하는 학생에게는 미래이고
내일 아침 기획서를 제출해야 하는 김 과장에겐 밥벌이다.
……누군가에겐 지친 삶을 위로하는 마음의 위안이다.
그리고 보다 나은 사회에 대한 희망이다.
– 서민, 『서민적 글쓰기』

당진에서 근무할 적입니다. 맡은 설비가 많아서 제가 이끌고 있는
팀원들이 50여 명이 될 정도로 큰 팀이었습니다. 팀원 개인의 성격
도, 특색도, 가고자 하는 길도 다 달랐기 때문에, 설비만큼이나 많은
직원들을 관리하는 것은 만만찮은 일이었습니다.

그래도 모두 따뜻함을 지닌 직원들로 기억합니다. 가장 힘든 시기
에 그들과 만나다 보니 더 깊은 정이 들었는지도 모릅니다. 함께 일
년 남짓 같이 근무한 뒤, 교육 때문에 사업장을 떠날 때는 서로 헤어
짐이 서러워 소주잔을 놓고 펑펑 울었던 기억도 납니다.

역동적이고 미래 지향적인 직원들이 많아 그중 좀 더 열정적인 몇 몇에게는 간부의 길을 가도록 돕기 위해 퇴근 후에 남아서 연말에 있을 간부시험 준비도 시켰습니다.

또래 동료들보다 다소 나이가 많은 한 직원에게도 간부시험을 준비토록 격려하며 관심을 가지고 지켜보았습니다. 그는 일도 맛깔스럽게 잘했을뿐더러 몸에 배어있는 예의바른 태도가 팀장인 저의 눈길을 끌었기 때문이었습니다. 업무적으로 보나 다른 직원들을 대하는 태도로 보나 간부가 되면 참 잘하겠다는 생각이 드는 직원이었습니다.

그러던 어느 날, 그 동료는 제게 책을 한 권 선물하는 것이었습니다. 평소 독서를 많이 하는 듯 보이는 팀장에게 자기가 가장 감명 깊게 읽었던 책을 선물한다는 것이었습니다. 한편으로 고맙기도 했고, 평소 관심을 가지고 보던 직원이었기에 제 마음은 더 사로잡혔습니다.

그런데 얼마 지나지 않아 직접 써낸 책을 발간하여 제게 들고 오는 것이었습니다. 아! 그제야 깨달을 수 있었습니다. 글을 쓰는 사람은 다른 사람들과 뭔가 달라도 다르다는 사실을 말입니다. 그 직원은 회사 내에서 간부의 길을 가는 것을 포기하고 작가의 길을 가고자 했던 것입니다. 묵묵히 자기의 영역을 지키면서 삶을 풍요롭게 가꾸고 있었던 것이었습니다.

『서민적 글쓰기』의 저자인 서민은 너무나 못생긴 외모 콤플렉스를 극복하기 위해 글을 썼다고 했습니다. 못생긴 사람에게 관대하지 않았던 세상살이를 공부를 통해 극복하고자 했고, 그것도 모자라 저자가 되어 헤쳐 나가고자 했습니다. 『미생』을 그린 윤태호 작가는 피부질환의 약점을 극복하고 삶의 동력을 그림에서 찾았다고 했습니다.

자신의 길을 걷고 있는 사람, 앞이 보이지 않는 사람, 한 조직에서 최고가 되어 자화상을 내고 싶은 사람, 평생 현역으로 살고자 하는 사람들 등 모두는 저자가 되고 싶어 합니다. 이들은 자기의 삶을 글로 써내어 길을 헤매고 있는 사람들에게는 안내자가 되어주며, 한편으로는 스스로를 극복하고자 합니다.

저 또한 그랬습니다. 무척이나 아픈 마음을 어디에도 달랠 길이 없어 의지할 곳을 찾아 헤매고 있었던 때였습니다. 무작정 그 동료 직원에게 물었습니다. 어떻게 하면 책을 쓸 수 있냐고 말입니다. 그는 제게 글을 쓸 수 있는 방법을 가르쳐 주었고 소개 받은 지금의 제 선생님을 무작정 찾아갔습니다. 그 이후 6개월간 강도 높은 교육을 받았습니다.

워낙 글 쓰는 재주가 없어 교육이 참 힘들기도 했습니다. 제가 글을 쓴다는 것은 꿈에도 생각지 못했습니다. 특히 자연과학을 전공한 화학쟁이가 글을 쓴다는 것은 제 눈에 퍽이나 우스워 보였습니다.

일 년이 지난 지금은 매일매일 글을 읽고 쓰고 있습니다. 이제는 당당한 한 사람의 저자라는 꿈이 실현될 날도 다가온다는 것을 느낄 수가 있습니다.

글을 쓴다는 것은 당장에 인생을 바꾸는 작업은 아니지만, 글을 씀으로써 의미 있는 변화들이 생기는 것을 느낍니다. 한때 잃어버렸던 자존감도 좋은 글을 통해 찾았습니다. 글을 쓰며 자기를 돌아보고, 자기를 돌아보며 나의 강점에 자신감을 키울 수 있었습니다. 글쓰기에 문외한이었던 저도 해냈다는 것을 보면, 누구나 글을 쓸 수 있다는 이야기일 겁니다. 내가 써낸 책 속의 한 줄이 다른 사람에게 한줄기 희망을 줄 수 있기를 바랍니다.

단 한 번의 성공을 만들어라

Part 05

더 큰
행복을
위하여

01

하루를 바꾸는
사소한 행동

기뻐하라.
오늘을 사는 기쁨은 언제 허락될까?
하루가 끝난 뒤에?
아니면 더욱 먼 미래에?
당신의 기쁨과 접촉하라.
기쁨으로 당신을 가득 채워라.
기쁨을 바닥까지 실컷 맛본 사람은 신을 만지는 사람이다.
안젤름 그륀, 『하루를 살아도 행복하게』

직장인들은 한 주간 최소 한두 번은 단체회식이 있습니다. 저녁도 해결되고 하루 종일 회사에서 받은 스트레스를 풀기 위해서이기도 합니다. 퇴근 후의 시간은 직장에 매여 있는 직장인들만의 사교시간이 됩니다. 그런데 회식장소가 유쾌해지면 자신도 모르게 과음과 과로를 하게 됩니다. 문제는 그날 저녁 순간의 기쁨보다 다음날 아침입니다. 늦잠을 잔다든지 과음한 상태로 다음날 출근하면 하루가 힘들어지고 피곤해집니다. 다음날 아침은 그 전날 밤에 시작한다고 볼 수 있습니다. 가능한 너무 과하지 않도록 조절하는 것이 중요합니다. 먼저 저녁시간 관리를 잘하여야 합니다.

아침에 일어나면 출근 전 시간만큼은 온전한 자기 시간이 됩니다. 그 소중한 시간을 좋은 행동으로 습관을 들여 몸에 배게 할 필요가 있습니다. 이를 위해 정해진 순서에 따라 반복할 필요가 있습니다.

일어나면 스트레칭과 명상은 꼭 하라고 권하고 싶습니다. 가벼운

스트레칭으로 몸을 먼저 깨우시길 바랍니다. 몸이 깨어났으면 이제 머리를 깨어나게 할 차례입니다. 눈을 감고 멍하니 내 마음을 바라보세요. 무언가를 생각하지 말고 그저 멍하니 마음과 정신을 비워두고 있는 그대로 깨어나길 기다려야 합니다. 단전호흡으로 명상을 하면 당신의 마음이 충성스러운 종으로 길들여져 하루 중 화가 나는 일이 있어도 함부로 날뛰지 않게 됩니다.

다음은 아침 샤워입니다. 아침 샤워는 게으름을 떨쳐 버리게 합니다. 일하러 가지 않는다 해도 일단 샤워를 하고 옷을 갈아입으면 나태해지는 것을 방지할 수가 있습니다. 출근하는 길에는 그날 일어났으면 좋겠다고 생각하는 일들을 그려보시기 바랍니다. 또한 주위의 아름다운 풍경도 함께 감상하면서 말입니다. 그러면 반드시 그렸던 일들이 일어날 수가 있습니다.

출근 후면 나만의 시간은 사라집니다. 하루 종일 공동의 시간을 가져야만 합니다. 상사의 지시, 동료들과 타 부서 간 협력들을 통해 하루의 삶을 살아가야 합니다. 그러다 보면 자기 의지와 관계없이 짜증나는 일이 생길 것입니다. 서로 얽매여 살아갈 수밖에 없는 하루를 고통 속에서 보내서는 안 됩니다. 일을 해야만 하는 과정에서 즐거움의 안식처가 있어야 합니다. 그러기 위해서는 먼저 기쁨을 당신 마음 가득히 채우기 바랍니다. 그 다음에 그것을 상대에게 주는 습관을 들여야 합니다. 기쁨과 함께 타인들과 협력하고 함께 나누고자 하는 필요충분조건을 만족해야만 정말로 행복한 하루를 보낼 수가 있습니다.

아들딸들도 똑같이 반복되는 하루 일과의 권태로움을 즐거움으로 바꿔줄 수 있는 행동들을 지금부터라도 한 번 습관화해 보기 바랍니다. 그러면 늘 행복을 머금고 친절과 기쁨으로 하루를 채워가는 사람으로 직장 내에서 사랑받을 것입니다.

더 큰 행복을 위하여

02

나만의
아우라(aura)를
뿜어내라

맹자의 철학에서 '인자무적'이 나온다.
'인' 즉 '사랑을 실천하는 사람'은
그 누구도 대적할 자가 없다는 뜻이다.
인을 바탕으로 하는 사랑의 정치는 국가뿐만 아니라
작은 조직에서도 가장 큰 위력을 발휘한다는 의미가 있다.
과연 나의 아우라는 어떤 것인가를 생각하라.

누군가가 나이별로 세월의 흐름이 느껴진다고 했던가요?

현재 저의 삶은 시속 50킬로미터를 달리고 있는데 갈수록 스쳐가는 풍경이 빠르기만 합니다. 저는 간부가 되고부터는 아침 일곱 시 반이면 회사에 도착합니다. 그리고 간밤에 일어난 인계일지를 보고 설비에 별일이 없는지를 확인하고 가벼운 아침운동을 합니다. 근력이 떨어지고 있는 오십 대 몸으로 하루를 버티기 위해서입니다. 사무실에서 간단한 아침 대용 식사를 하고 한 주간 헤어져 있는 가족에게 아침 안부 전화를 합니다. 오늘도 무사하고 건강한 하루를 보내도록 희망하면서 십수 년째 거는 모닝콜입니다.

사람은 태어나 어른이 되면서 각자 직업을 가지게 됩니다. 그 직업에서 각자 직함들을 가지고 있습니다. 사장, 의사, 변호사, 대학교수, 회사 팀장, 요리사 등등……. 그런데 우리들이 사는 세상에서 그 직함이 과연 그 사람의 브랜드가 될 수 있을까를 한번 되물어 봅니다.

결론적으로 말하자면 직함은 그 사람의 브랜드가 아니라고 봅니다. 제가 현재 가지고 있는 직함인 팀장은 결코 저의 브랜드가 아니라는 것입니다. 브랜드는 그 사람 내면에서 나오는 향기를 말합니다. 조직 생활을 하다 보면 별별 인격을 가진 사람을 다 만나게 됩니다. 직급이 고위직임에도 항상 겸손하고 성실한 인격을 가진 사람이 있는 반면 하위직임에도 비열하고 겸손하지 못한 사람도 접합니다. 물론 그 반대의 경우도 많이 접합니다. 특히 직급이 모든 것을 해결할 수 있는 것 마냥 권위적으로 함부로 행동하는 사람도 있습니다. 직급이 올라갈수록 겸손한 사람을 보면 참 존경스럽습니다.

직원 시절에는 일만 하면 되지만 상위 직책으로 올라갈수록 브랜드가 참으로 중요합니다. 상위 직책으로 갈수록 조직 구성원은 행복할 수 있도록 오블리주를 실행해야만 합니다.

경영학 인사조직 관리에 등장하는 X, Y, Z 이론이 있습니다. 조직 구성원 관리를 함에 있어 처벌조항으로 관리하는 것이 X이론이라면,

대조적으로 인간존중 경영에 뿌리를 둔 것은 Y이론인 것입니다. 이 두 이론을 접목하여 상하 간 균등하다는 Z이론까지 등장하였습니다.

화장품 회사 메리케이 애시 회장은 "상사, 부하직원, 동료 등 모든 사람이 내가 가장 중요한 사람으로 느끼게 해 주세요"라는 팻말을 책상 위에 적어 놓았다고 합니다. 남은 회사생활 동안 제가 이끄는 조직에 행복의 나무를 심도록 교훈을 주는 말입니다.

먼 훗날 아들딸들도 조직에서 사랑의 향기를 품어주는 브랜드를 가져주길 희망해 봅니다. 직함은 그 사람의 노력한 결과물이지 결코 브랜드가 아니라는 사실을 잊지 말아야 합니다. 구성원의 행복을 위해 뿜어내는 배려와 사랑이 있는 나만의 아우라aura를 뿜어내는 사람으로 거듭나길 바라봅니다.

03

작은 일에도
감사하는 마음을 지녀라

'나에게 솔직해져 보십시오.
도대체 무엇이 나를 행복하게 하는지
세상이 일방적으로 정해놓은 성공의 기준이 아닌
내 안에서 무엇을 원하는지,
남들에게 행복하게 보이는 것이 중요한 것이 아니고
나 자신이 정말로 행복한 것이 중요합니다.'
혜민 스님, 『멈추면, 비로소 보이는 것들』

고전을 읽다 보면 하나의 공통점을 발견하게 됩니다. 그렇게 융성했던 그리스가 그랬고 로마제국이 그러했습니다. 영원히 지속될 것 같은 일들도 언젠가는 스스로 붕괴한다는 점입니다. 그래서 붕괴한 이유를 찾아보았습니다. 그 원인은 풍족한 물질과 환경에 만족하지 못하고 더 나은 것을 추구하려는 인간의 욕망에 있었습니다. 물질적 풍요로움의 한계에 다다르면 또 다른 도파민이 주는 쾌감을 보상받기 위해 일탈을 자행하는 유일한 생물체가 바로 인간이기 때문입니다.

요즘 매스컴을 떠다니는 세상을 유심히 보면 날이 갈수록 행복한 뉴스는 없고 험악한 이야기로 넘쳐나는 것을 알 수 있습니다. 세상은 나날이 편리해지고 발전하는데 왜 불행한 뉴스만 넘쳐나는 것일까요? 풍요가 장기화될수록 과거 가난한 시절에 비해 훨씬 더 지능적이고 폭력적인 범죄가 늘어나고 있는 것입니다. 이러한 현상들은 바로 풍요로움을 자족하지 못하는 인간의 욕망에서 비롯된 것이기 때문인 것입니다.

인간의 뇌에서 분비되는 '도파민'이라는 녀석은 뇌 속의 상상을 현실화시켜 쾌감을 얻으려 한다고 합니다. 만약 도파민이 분비되지 않을 경우 그 어떤 행위를 통해서도 행복감을 느낄 수가 없게 되어 있다고 합니다. 아무리 즐거운 행위라도 그것이 자주 반복되면 도파민은 더 이상 분비되질 않기 때문입니다. 이런 이유로 인간은 기존의 즐거운 방식을 탈피하고 또 새로운 행위를 찾아가는 것입니다.

새로운 행위를 찾아가는 것이 결코 나쁘다는 것만은 아닙니다. 문제는 그 행위가 어떤 종류이냐는 것에 있습니다. 그것에 따라 인간의 행복과 불행이 결정지어진다는 점을 깨달아야 합니다.

물질적인 것이나 타인에 의해 나의 도파민을 분비코자 하는 행위는 큰 부작용을 초래하게 됩니다. 예를 들면 원하는 돈이나 명예를 내 손에 쥐어야만 도파민이 분비되도록 길들여진 사람은 필연적으로 위기에 봉착하게 됩니다. 왜냐면 그들이 원하는 돈과 명예는 경쟁자와 사회적 변화라는 변수에 의해 어쩔 수 없는 상황이 생기게 되기

때문입니다. 부를 쟁취하기 위해 타인과 연루되어야 하고, 지위에 묻혀 타인의 머리 조아림을 받아야 행복하다고 착각하는 사람은 그 행위 자체가 부메랑이 되어 언젠가는 다시 되돌아오게 됩니다.

그럼 어떤 삶을 살아야 하는지 질문하게 됩니다. 내 스스로의 보람을 통해 행복 도파민을 창출할 수 있는 삶을 이끌어야 한다는 점입니다.

건강한 육체가 있음에 출근할 수 있는 직장이 있음에 감사하는 마음을 외쳐보세요. 직원들이 출근하기 전에 미리 와서 손걸레로 책상을 닦아주고 물걸레로 바닥을 구석구석 닦아주는 청소하는 분들에게 깍듯한 인사를 한번 해 보세요. 사무실에 들어서는 동료들에게 먼저 인사를 한다든지, 인사를 받을 때 더 감사히 받아 보세요.

아마도 그 순간 나의 뇌에는 엄청난 도파민이 분비될 것입니다. 그 도파민은 하루를 만드는 보약과도 같습니다. 작은 일에도 감사하는 마음은 우리에게 삶의 희망을 불러일으키게 합니다.

우리가 추구하는 행복은 참으로 단순합니다. 마음 하나만 바꿔먹으면 지금 당장 행복할 수 있습니다. 아들딸들도 작은 일에 감사할 줄 아는 마음으로 삶의 곳곳에서 감동이 나오는 하루를 엮어가길 바라봅니다. 울고 웃을 수 있는 살아있는 그 자체가 이미 행복입니다.

더 큰 행복을 위하여

04

누군가의 아픔을
감싸줄 수 있는 사람

살면서 상처 받고 힘들어할 때
누군가 다가와서 왜 힘이 드는지
그 이유도 묻지 않고,
가만히 안아 준다는 것이
사람을 이렇게 행복하게 한다는 것을
미처 몰랐습니다.
그분이 저를 말없이 안아주는 까닭은
너의 힘듦을 내가 대신할 수는 없지만,
그래도 네 편에 서서 너와 함께하겠다는
또 다른 표현이라고 생각합니다.
박완규, 『참 좋은 당신을 만났습니다』

어느 날 전화 한 통이 걸려 왔습니다. 저장된 연락처가 아니어서
받지 않으려다가 받았습니다. 십여 년 전에 직장 내에서 오랫동안 함
께 근무한 선배였습니다. 서로 참 좋아했고 마음이 따뜻했던 분으로
기억합니다. 그런데 갑작스런 결심과 함께 명예퇴직으로 종적을 감

춘 후 벌써 십 년 세월이 지나간 이후였습니다. 그 선배와 통화가 된 이후 몇 번의 약속 끝에 같이 식사를 하게 되었습니다. 같이 근무한 시절의 근사한 모습은 어디론가 사라지고 남루한 옷차림이었고 얼굴에는 굴곡진 인생이 묻어나 있었습니다. 이런저런 이야기 끝에 알고 보니 명예퇴직 시 덤으로 받았던 적지 않은 퇴직금은 이미 다 날려버린 상태였습니다. 동업했던 친구의 배신으로 시작했던 사업은 절망의 나락으로 떨어져 버렸던 것이었습니다.

퇴직금을 탕진한 이후부터의 삶엔 직장을 다닐 때는 상상도 못했던 현실이 다가왔다고 했습니다. 현재 가장 괴로운 것은 아내와 별거를 하고 사랑하는 자식들과는 헤어져서 사는 외로움이라고 고백했습니다. 무슨 말로도 위로해 줄 수 없었고 측은지심뿐이었습니다. 간단한 식사 한 끼에 굳이 받지 않으려는 차비를 대신한 작은 금액만

더 큰 행복을 위하여

호주머니에 찔러주고는 황급히 헤어졌습니다. 그때부터 지금까지 연락이 없는 것 보면 무소식이 희소식이기만 바랄 뿐입니다.

새로운 근무지로 발령을 받아 간 곳에서 있었던 이야기입니다.

저와 동갑의 나이의 직원은 2년 전 고혈압으로 뇌졸중 판정을 받았다고 합니다. 일 년간 병휴를 마치고 복직을 하려던 이 직원에게 업무를 줄 수 없는 입장이라 부서 간 서로 떠맡지 않으려고 갈등을 겪고 있었습니다. 몇 번의 회의를 거듭한 끝에 결국 우리 부서에서 일을 하게 되었습니다. 겨우 거동할 정도라서 출퇴근을 가족들이 시켜주었고 일보다는 재활 치료가 더 급급해 보였습니다. 안타까운 나머지 저는 팀 차원에서 도울 수 있는 방법들을 강구하였습니다.

먼저 휠체어가 원활하게 오르내릴 수 있도록 사무실 입구를 개선하였고, 별도의 공간에서 자유롭게 근무를 하게 해 주었습니다. 출근하면 매일 아침마다 가서는 많은 대화를 해주었습니다. 외로움으로 힘들까봐 그 직원의 근무하는 사무실에는 하루도 빠짐없이 가서 말벗이 되어 주었습니다. 그는 항상 대화 끝에는 "팀장님 감사합니다!"라고 인사하는 모습에서 심성이 참 따뜻한 사람임을 느낄 수 있었습니다.

회사 규칙상 병휴를 1년 더 연장이 가능하게 되어 휴직준비를 다시 하고 있던 어느 날 저에게 질문을 하였습니다. 내년 이맘때에도 제가 여기에 근무할 것인지를 아내가 물어보라는 것이었습니다. 왜 그런 질문하느냐고 했더니 그 직원은 제가 여기 있어야 자기가 지금처럼 행복하게 근무를 할 수 있다는 것이었습니다. 순간 저의 가슴은 뜨거워졌고 눈시울이 붉어졌습니다. 하찮은 저에게도 이렇게 의지하고 희망이 될 수 있는 사람이구나 하는 마음에 울컥하였습니다. 걱정 마시고 열심히 재활치료를 받고 더 건강한 모습으로 저와 함께 근무하자고 답변을 주었습니다. 일그러진 얼굴 속에 행복해하는 그 직원의 모습은 지금도 생생합니다. 결국, 다시 함께 근무하지 못하고 그 직원은 명예퇴직을 해버렸습니다.

세상에 이런 일만 있겠습니까? 살다 보면 누구에게나 고난들이 다가옵니다. 더 아픈 것은 젊은 시절의 고난보다 중년이나 노년에 겪는 고난입니다. 이러한 곤경에 처했을 때 의지할 만한 곳이 없는 지구별에서 가장 고독한 나라가 우리나라라고 합니다. 누군가의 슬픔과 아픔을 진지하게 보듬어주는 여유와 순수함이 결여된 각박한 사회에서 본인의 아픔을 털어놓을 상대가 의외로 많지 않습니다. 저도 한때 아픔 속에서 허우적거리고 있었을 때 누군가가 다가와서 제 편이 되어주었을 때가 가장 큰 용기를 얻을 수가 있었습니다. 자식들은 그런 사람이 기댈 수 있는 사람으로 커 주길 희망합니다. 삶의 소소한 부분에서 관심을 가지고 아픔을 품어줄 수 있는 삶을 살아가면 아마도 너무나 아름다운 인생이 될 것입니다.

05

악기 하나는 친구로 삼아라

"만약 누군가 내 한 곡의 노래로 인생이 바뀌었다고 말한다면,
아니면 세상을 보는 눈이 조금이라도 달라졌다고 말한다면
내게 이보다 더 큰 보상은 없을 것이다"
- While My Guitar Gently Weeps -

첫 기타를 접해본 것이 대학교 시절이었나 봅니다. 대학을 입학
후 기타의 겉멋에 반해 클래식 기타 동아리에 멋도 모르고 가입한 적
이 있었습니다. 그리고 한 달 후 슬그머니 탈퇴해버렸습니다. 왜냐
면 당시 저의 한 달 용돈은 삼만 원 정도였는데 기타 한 대 구입 값이
수십만 원 정도라 제 수준에 감당이 안 되었기 때문이었습니다.

세월이 흘러 성인이 되었지만 기타 연주에 대한 미련은 항상 가슴
에 남아있었던 모양입니다. 행여나 카페에서 연주를 잘하는 사람이
있으면 참으로 부럽기도 했습니다. 어느 날 퇴근 후 혼자 거닐던 공
원에서 음악공연 중 흘러나오는 기타 선율은 제 가슴을 뛰게까지 했

었습니다. 밤공기를 헤치며 울려 퍼지는 그 소리는 아름다움 그 자체였습니다. 직장에서 주말부부 생활이 길어지다 보니 퇴근 후 공허함이 많이 밀려오는 시기가 있었습니다. 동료들과 술 한 잔 하는 것도 한계가 있고 잡기로 시간을 보내는 것도 지겨웠습니다. 그래서 다시 찾은 것이 바로 기타였습니다. 제 나이 사십이 훌쩍 넘어서 다시 찾은 셈입니다.

회사생활 중 오전업무가 끝날 무렵이면 많은 직장 동료들은 점심시간의 자투리를 이용하여 개인 취미활동을 합니다. 누구는 헬스장으로, 탁구장으로, 색소폰 동우회 모임 등으로 갑니다. 직장의 권태로움을 잠시나마 해소할 수 있는 시간인 것입니다.

저 역시 기타에 입문 후 점심시간과 퇴근 후 짬짬이 실력을 연마하였습니다. 실력을 높이는 과정은 일어섰다가 좌절했다가를 반복하는 우리의 인생과도 같습니다. 때론 실력이 늘지 않아 포기하고 싶을 때도 많습니다. 기타 연주는 한마디로 인내심을 요합니다. 우보천리牛步千里의 마음 없이는 여섯 줄에서 감미로운 소리가 나질 않습니다.

드디어 사내외에서 기타 동우회 활동을 하게 되었습니다. 지금은 두서너 달에 한 번씩 봉사활동을 나가기도 합니다. 기타 연주 실력이 향상되어 청중으로부터 큰 박수가 나올 때면 뿌듯한 마음은 이루 말할 수가 없습니다.

한때 아팠던 몸을 더 빨리 회복시켜준 것도 기타연주였습니다. 근사하고 감미로운 기타 연주는 사소한 것들에 집착하지 않고 모든 경계에 휘둘리지 않게 됩니다. 힘들 때도 기쁠 때도 항상 저랑 함께했던 친구였습니다. 기타연주는 제 자신이 좀 더 의미 있는 존재로서 살게 만들어 주었습니다. 다른 이들이 겪고 있는 삶의 고통을 저의 재능기부를 통해 잠시나마 해소시켜 줌으로써 제 자신의 행복감도 더 고취시킬 수 있었습니다.

동우회 활동으로 만나는 의사 후배가 있습니다. 이 후배는 닥터처방전에서 음악이 약이라고 강조한다고 합니다. 만성피로에 시달리는 환자들에게 힐링 음악을 내세우고 스스로 스트레스를 관리하도록 환자들에게 권하고 있습니다. 본인과 동료의사 둘이서 기타를 치면서 음반을 내고 이를 환자에게 나눠주기도 합니다. 음악은 심적 안정과 상관관계가 있다는 의사 친구의 견해인 것입니다. 음악이 정서에 미치는 영향을 실험한 결과 대부분의 청자가 음악으로 인한 정서변화를 체험했다는 연구결과도 있습니다. 신체 건강뿐만 아니라 정신 건강까지도 개선해 질병을 치료하고 건강을 증진하는 목적을 달성할 수 있다고 했습니다.

경험을 해보니 스스로의 악기 연주는 음악의 긍정적인 효과를 배가시켜주었습니다.

아들딸들의 인생길에도 악기 하나는 꼭 지참해서 실력을 향상시켜 보길 바랍니다. 건강하고 외롭지 않는 인생을 살아가는 데 필요한 도구임은 틀림이 없습니다. 그리고 무엇이든 즐길 때야말로 가장 나다워지는 순간임도 잊지 말기를 바랍니다.

더 큰 행복을 위하여

06

어느 구석에든
자기만의 서재 하나는
꼭 지녀라

독서를 하는 이유는 삶의 이치를 깨닫고,
실제의 삶에서 이를 체득하는 데 있다.
책을 제대로 읽은 사람과 무작정 읽은 사람은
어떤 문제를 줬을 때 금세 구분된다.
오만하고 방탕해서 쩔고 까불다가도
책 읽는 사람이 곁에 있으면
저도 몰래 기가 꺾이고 풀이 죽는다.
슬그머니 꽁무니를 뺀다.
좋은 기운이 옮겨가기 때문이다.
정민, 『오직 독서뿐』

젊은 시절 저는 책을 가까이 하지도 않았고 독서의 중요성도 알지
못했습니다. 자존감이 무너진 상처로 회복이 힘든 시기를 만나고서
야 책을 찾고 좋아하게 되었습니다. 책을 좋아하는 사람은 힘든 시기
에 위로와 용기를 주는 책을 찾는다고 합니다. 그래서 저도 책을 좋

아하게 되었는지도 모르겠습니다. 책을 가까이해보니 젊은 시절부터 독서라도 많이 했더라면 삶의 시행착오도 많이 줄였을 텐데 하는 후회도 많았습니다.

정민 저자의 『오직 독서뿐』에서는 '독서는 정신을 기쁘게 함이 가장 좋고, 그 다음은 받아들여서 활용하는 것이다. 그 다음은 해박해지는 것이다'라고 독서의 세 가지 효용을 말해주고 있습니다.

독서를 해보니 나의 주관을 키워주었습니다. 흐트러진 생각을 조목조목 정리해주며 내가 가고자 하는 방향으로 안내해 주었습니다. 정신에 균형감각을 갖게 해 줍니다. 책을 읽지 않고는 개인발전도 있을 수 없습니다. 성공한 경영자나 세일즈맨들의 공통점은 독서를 게을리하지 않았다는 점입니다. 자신만의 이야기 주머니를 만들고 경쟁력을 키우는 것만이 지름길임을 잘 알고 있기 때문입니다.

책에서 우연히 마주친 어느 한 구절로 인해 삶의 태도도 달라지게 됩니다. 절제된 말과 행동으로 자신을 추스를 수 있습니다. 그래서 책을 읽는 사람은 귀해졌다고 해서 천해지지도 않고 천해졌다고 해서 멋대로 굴지도 않습니다.

어느 날부터인가 저는 작은 방을 개조해서 서재를 하나 꾸몄습니다. 책장에는 다양한 장르대로 책을 진열하였습니다. 답이 없고 생각이 방황할 때마다 책을 꺼내듭니다. 작가마다 한 인생이 있어 수십 명의 친구와 인생 상담사가 바로 제 곁에 생긴 셈입니다. 참 든든한 나의

인생 길라잡이들입니다.

읽기는 쓰기와 바로 맞닿아 있습니다. 읽기는 생각의 폭을 넓히며 쓰기는 생각을 정리하기 위함입니다.

얼마 전 글쓰기 공부를 함께 했던 분이 책을 출간했습니다. 축하해주고 싶어서 여수에서 서울까지 한숨에 달려갔습니다. 출간 파티에서 본 그분의 얼굴은 너무나 행복이 충만한 모습이었습니다. 교장직을 수행하면서 마주쳤던 한때의 정신적 고통들도 말끔히 해소되었다고 했습니다.

요즘 젊은이들은 공부에서나 모든 면에서 현실 지향적인 것으로 채워져 삶의 지혜를 터득할 시간이 없이 살아가고 있습니다. 열심히 그리고 올바르게 살아온 것 같은데 때로는 나의 의지와는 무관하게 희망도 답도 없이 삶이 버거울 때도 옵니다. 그럴수록 독서를 해야 합니다. 독서는 머리를 채우고 그것이 강한 힘이 됩니다. 고백건대 저를 끝까지 지켜준 것의 90%는 책이었습니다. 책을 통해 반성하고 깨달음과 힘도 얻게 되었습니다. 아들들도 방 한구석 어디에라도 자기만의 서재를 꾸미며 살아가길 바랍니다. 먼 훗날 기회가 된다면 글을 쓸 수 있는 저자도 되길 희망해봅니다. 그래서 읽기에서 받은 위로와 쓰기에서 얻은 통찰을 나눌 수 있는 사람으로 살아가길 바라봅니다.

07

운동하라,
인생이 즐겁다

운동을 하면 활력이 생기고 활력이 있어 자신감이 생깁니다.
인생이 즐거워집니다.
젊었을 때부터 운동하는 습관을 들이면 더 좋습니다.
운동으로 얻는 건강, 그 자체가 보약이기 때문입니다.

꼭 20년 전 일입니다. 직원시절 회사 연구 프로젝트 건으로 미국 출장을 간 적이 있었습니다. 4개월 동안 장기 출장이라서 아파트와 자동차를 렌트하여 생활을 하였습니다. 몇 달을 체류하다 보니 부자들이 고급아파트에 살고 있는 우리나라와는 달리, 미국은 경치가 좋은 산 중턱으로 올라갈수록 고급 주택들이 많이 있다는 것을 알 수 있었습니다. 저택들은 대부분 수영장을 가지고 있었으며, 종종 옆에 테니스 코트들이 있는 곳도 있었습니다. 휴일에 심심하던 차에 차를 몰고 텍사스 주 오스틴 시내를 구경하다 고급 주택들이 있는 곳으로 방향을 바꾸었습니다.

주택들을 구경하다 우연히 금발의 미녀 둘이서 테니스 단식을 치고 있는 모습에 차를 세웠습니다. 우리나라에는 볼 수 없었던 주택 내 수영장과 늘씬한 몸매의 금발미녀들이 테니스를 치는 모습이 어우러진 그 광경에 저는 혼이 쏙 빠져 버렸습니다.

그 일이 계기가 되었던 것인지, 저도 모르는 사이에 테니스와 친해졌습니다. 문제는 테니스 실력이 향상되는 것과 비례해 퇴근 뒤나 주말에 아내와 보내는 시간이 줄어들게 되었다는 것입니다. 참다못한 아내는 당신은 나와 결혼했는지 아님 테니스와 결혼했는지 모르겠다고 따진 적도 많았습니다. 지금에서야 말하지만, 아내보다 더 좋았던 적도 있었고, 무엇보다도 재미가 있었습니다. 과장 승진시험을 몇 번 실패하고 실의에 빠졌을 때도 기분전환 후 다시 도전할 수 있게 해 준 것이 테니스였습니다. 선크림을 바르지 않고 운동한 탓에 생겨버린 얼굴의 점을 수십 개나 뺀 적도 있었습니다. 당시 우리나라는 테니스를 치는 사람들이 참 멋져 보이는 시대였다는 것도 저의 테니스 열정에 한몫 했을지 모릅니다.

테니스 하면 88세의 나이로 세상을 뜨기 전날까지도 테니스를 즐긴 운동마니아였던 고 민관식 대한체육회장의 이야기도 생각납니다.

저는 바쁘게 살았다는 이유로 그처럼 계속 테니스를 하지는 못했습니다. 그동안 테니스를 잠시 잊고 살았던 것입니다. 그러다가 건강을 잃고 나서야 테니스 채를 다시 잡았습니다. 예전처럼 무리를 하면서 즐기지는 못하지만 한두 게임으로 땀에 흠뻑 젖을 수 있는 것에 감사합니다. 그저 제 몸을 챙기는 것만 감사할까요. 함께 게임하는 동우인들의 넉넉한 마음도 정겹고 고맙기만 합니다.

연일 계속되는 폭염 때문에 운동을 못 할 때에는 테니스가 자주 그리워집니다. 테니스가 좋은 건지 아님 함께 만나는 동우인들이 더 좋은 건지는 잘 모르겠습니다. 그러나 테니스가 제 삶을 풍요롭게 해 주었다는 것은 변함없는 사실입니다. 바쁘더라도 테니스를 하며 살았다면 인생의 암흑기가 더욱 짧거나, 없었을지도 모릅니다. 운동이라는 것이 그런 것입니다.

아들딸들은 아무리 바쁘고 곤고한 삶이 곁에 있을지라도 자기가 좋아하는 운동 하나는 꼭 챙겨가기 바랍니다. 운동을 하면 활력이 생기고 활력이 있어 자신감이 생깁니다. 인생이 즐거워집니다. 젊었을 때부터 운동하는 습관을 들이면 더 좋습니다. 운동으로 얻는 건강, 그 자체가 보약이기 때문입니다.

08

부(富)에 대해
가져야 할 자세

미국의 백만장자 대부분은
복권에 당첨이 되거나 유산을 상속받아서
부유해진 것이 아니다.
단지 수입을 최대로 끌어들이기 위해 고군분투했고,
밖으로 나가는 돈을 최소화했으며
종교와 같은 신념으로 그 차액을 저축하고 투자했다.
벌어들이는 수입보다
검약한 생활을 하면서 자유와 만족,
그리고 마음의 평화를 즐긴다.
알렉산드 그린, 『삶에서 무엇이 가장 중요한가』

우리는 눈을 뜨면 어김없이 일터로 나갑니다. 먹고 살기 위한 돈
이 필요하기 때문입니다. 30년간은 공부를 하고 또 다른 30년은 일을
하면서 보냈는데 나머지 30년을 보내려면 돈이 있어야 한다고 합니다.

사람은 저마다 타고난 복이 다른지 가진 것도 다 다릅니다. 여유

로운 사람이 있는 반면에 가난한 사람도 많습니다. 가난한 사람은 이로부터 벗어나고 싶은 마음이 간절합니다. 가난으로 고통을 받지 않을 수 있는 방법은 두 가지가 있다고 합니다. 하나는 돈을 버는 것이고 또 다른 하나는 욕구를 줄이는 것이라고 합니다. 둘 다 쉽지 않기 때문에 모두들 열심히 공부해서 좋은 직장을 구하려고도 합니다. 돈이 많은 사람의 대부분은 돈이 있으면 마음이 편안하다고 합니다. 많을수록 쾌적한 생활환경이 해결이 되며 원하는 차와 집도 마련할 수 있기 때문입니다. 하고 싶은 취미와 여행도 마음껏 누릴 수가 있습니다. 누구는 돈이 이 세상의 모든 것을 해결할 수 있는 최고의 선이라고도 합니다.

한편 요즘 유행하는 치유의 책에서는 무소유에 대한 정의가 나옵니다. 무소유는 가지지 않는 것이 아니라고 합니다. 가지지 않는 무소유는 자본주의 사회에서는 굶어죽기 딱 좋은 삶이기 때문입니다. 다만 탐욕적인 삶을 배제하고 적정 소유를 해야 한다는 것입니다. 경주 최부자가 1만 석 이상은 벌지 말라고 한 것은 최부자의 적정 수준의 소유가 어디까지인지를 말해주고 있습니다. 적정 소유는 사람마다 다르고 직종, 연령 등에 따라 다릅니다. 최고보다는 최적의 소유가 더 중요하다는 것입니다.

달라이 라마는 우리가 의식주가 충족되고 나면 불필요하게 더 많은 돈, 명예를 가져다주는 더 큰 성공 등을 갈망해서는 안 된다고 합니다.

　다산 정약용은 사람이 누리는 복을 열복熱福과 청복淸福이라는 둘로 나누었습니다. 열복은 누구나 원하는 화끈한 복이며, 청복은 욕심 없이 맑고 소박하게 한세상을 건너가는 것을 의미합니다. 청복은 가진 것이 넉넉지 않아도 만족할 줄 알기에 부족함이 없다는 뜻입니다. 좋은 복 즉, 청복을 누리는 자는 지족知足의 삶을 예찬했습니다. 그런데도 사람은 청복은 거들떠보지 않고 열복만 누리겠다고 아우성입니다. 주위에는 너무나 많은 사람이 돈과 명예 그리고 지위를 좇아 달리고 있습니다.

　저자 알렉산드 그린의 『삶에서 무엇이 가장 중요한가』에서는 돈이 있어도 그걸 즐길 시간이 없다면 재정적인 자유를 얻는 순간 그걸 즐기는 대신 더 많은 돈을 추구하는 길로 가차 없이 스스로 내몬다고 하였습니다.

　얼마 전 뉴스에서 중국의 조폭 두목이자 광산 재벌인 '류한'의 사형집행 소식을 접했습니다. 재산만 7조 원이며 조폭형 기업을 운영하면서 악행을 일삼다가 형장의 이슬로 사라진 인물입니다. 그는 마지막 유언에서 다시 한 번 인생이 주어진다면 작은 가게를 하면서 가족과 함께 보내고 싶다고 했습니다.

　돈이 많으면 좋은 것은 틀림이 없는데 문제는 돈을 벌기 위해 수단과 방법을 가리지 않고 끝없는 욕심을 가질 때가 문제인 것 같습니다.

돈에 눈이 멀면 자신이 보이지 않게 된다고 합니다. 그땐 모든 것을 다 뺏길 수가 있는 것입니다.

막상 부를 손에 잡았을 때 알 수 없는 공허감에 시달리고 있는 모습들도 보게 됩니다. 갑작스레 큰돈이 생기면 없던 분란도 일어납니다. 재물이 많고 큰 명예를 누리는 사람일수록 사소한 마음의 상처로 우울증에 빠지는 사람이 많았고 하루벌이로 사는 사람일수록 오히려 얼굴에 걱정 없는 행복한 사람도 얼마든지 볼 수 있습니다.

부에 대해 아들들이 갖추어야 할 자세는 여러 정황을 볼 때 적정성과 균형임은 틀림이 없습니다. 자본주의 사회에서 정당하게 노력한 만큼 구하는 자세도 요구되고 있습니다. 만약에 아들이 부자로 살아가게 된다면 가지지 못한 사람에게 나눔과 베풂을 우선으로 실천할 수 있는 워런 버핏과 같은 존경받는 부자로 거듭나면 더 좋겠습니다.

부교감신경이
우위를 점하는 삶이
필요하다

남의 잘못은 마땅히 너그럽게 용서해야 하나,
자신의 허물은 용서해서는 안 된다.
내가 겪고 있는 곤궁과 굴욕은 마땅히 참고 견디어야 하나,
다른 사람이 당한 곤궁과 굴욕은 수수방관하지 말아야 한다.
홍자성, 『채근담』

우리는 지금 스트레스 홍수시대를 살아가고 있습니다. 우리 일상 주변에 널린 게 스트레스입니다. 스트레스가 만병의 원인이란 건 이제 상식이 된 것이 오래전 일입니다. 스트레스를 과학적으로 잘 대처해나가지 않으면 스트레스 증후군으로 자칫 목숨을 잃을 수도 있습니다. 요즈음 연예인들도 심지어는 어린이들도 정신적인 스트레스로 힘들어하는 사람들이 많습니다.

저도 한때 돌부리에 넘어진 적이 있습니다. 세상은 사람과 만남에

서는 크든 작든 강호가 있는 곳에는 얽힘이 생기게 되는가 봅니다.

관리부실로 설비에 문제가 생긴 건에 대해 대처과정에서 저의 부족함도 컸지만 외적인 삼스카라_{인간이 마음속에 지니고 있는 선행과 악행의 흔적}의 관여로 저와 당사자들이 상처를 안게 되어버렸습니다. 결과는 자꾸만 제 진심과는 다른 방향으로 흐르게 되었고 그것이 진실이 아니라고 발만 동동 구르게 되었습니다. 어디 하소연할 데도 없고 원통하고 답답하다 보니 서서히 면역체계가 깨지기 시작했습니다.

그러던 어느 날 자책감과 억울함 등으로 정신적 고통을 견디지 못하고 교감신경과 부교감신경의 균형이 깨져 버렸습니다. 잃어버린 자신감으로 불안에 떨며 한때는 남은 삶이 얼마가 될지 예측도 하기 힘든 시간들도 있었습니다. 그 스트레스로 인해 안면마비도 와 버렸습니다. 사소한 일이 제 인생에서 제일 큰일이 되어버렸고 사건의 본질보다 저 자신을 일으켜 세우는 것이 더 큰일이 되어버린 셈입니다. 가족들은 이게 무슨 일이냐며 애타게 회복하기만을 소원하고 있었습니다.

먼저 일그러진 얼굴을 치료하는 일이었습니다. 뺨에 수백 대의 침도 맞았습니다. 독한 약들을 한 달 이상 복용했고 수개월을 한방과 양방을 오가며 얼굴마사지를 수도 없이 받았습니다.

다음은 깨어져 버린 신경을 다스리는 일이었습니다. 처음에는 병원 처방에 따라 약에 의존하였습니다. 문제는 마음이었기에 동시에 마음을 다스리는 법을 찾았습니다. 요가와 국선도를 통해 단전호흡을 시작했습니다. 털어내는 지혜를 터득하도록 부단히 노력하였습

니다. 그 일 이후부터 행여나 모든 일에 과유불급하지는 않는지 부단히 자신의 마음도 반성하였습니다.

두 번째로 책과 연필을 가까이하기 시작했습니다. 매일매일 반성문을 써 내려갔습니다. 아무리 나의 본심을 호소해도 통하지 않았던 그때부터 저는 모든 일들을 "내가 부족한 탓이요"하는 버릇도 생기게 되었습니다. 언제부턴가 세상살이에 답이 없을 때 전생록에서 답을 찾아야 한다고 생각하게 되었습니다. 세상사에 고개가 갸웃거려질 때마다 모든 일이 전생에 내가 지어 받는 결과일 뿐 남의 탓이 아니라는 것입니다. 그렇게 생각한 덕분인지 마음의 병도 참 빠르게 회복이 되었습니다. 마치 곤困의 상황에서는 반성할 줄 아는 사람만이 이를 벗어날 수 있다는 주역의 64괘 가르침처럼 말입니다. 따뜻했던 주위 동료들의 마음도 회복에 한몫을 했었습니다.

한때 아픔 이후부터 집 현관 출입문 입구에는 액자를 하나 만들었습니다. 그리고 아들 방마다 족자를 만들어 걸어 두었습니다. 제목은 '우리가족 健康十訓'입니다. 좌뇌에서 부교감신경이 우위가 되는 생활로 저와 유사한 경험은 하지 말아 달라는 소망이기도 했습니다.

1. 화는 만병의 근원이므로 절대 피하며 항상 많이 웃는다.
2. 근심은 버리고 잠은 많이 잔다.
3. 욕심은 적게 내고 항상 남에게 많이 베푸는 습관을 기른다.
4. 조깅보다는 많이 걷고, 요가, 기공 등으로 심호흡하고, 자기 전 반드시 온욕을 한다.
5. 침은 많을수록 부교감신경을 자극하므로 음식물은 꼭꼭 씹어 먹는다. 그리고 복식호흡을 통한 명상을 자주한다.
6. 채소, 과일을 많이 먹고, 단백질, K, Mg, 아미노산(글루타민) 등 풍부한 음식과 영양제를 통해 몸속에 영양소를 충분히 공급한다.
7. 자율신경 80%는 복부에 분포하고 주로 내장과 혈액 속에 있다. 배 지압, 복식 호흡 등으로 부교감신경을 자극하여 소화, 배설 등을 쉽게 하도록 하라.

8. 음악 감상과 사랑으로 부교감신경을 활성화하고 스트레스 환경은 무조건 피하도록 노력하라.
9. 완벽주의자는 절대 금물이며 무엇이 되려고 하지 말고 무엇을 즐기면서 살 것인가를 생각하라.
10. 고난을 기쁨으로 받아들이는 인내, 취미생활, 비경쟁적 창조 연구, 감사의 기도를 생활화하라.

원리는 참 간단합니다. 교감신경은 화, 경쟁, 근심, 의심, 피로, 과격운동, 속성 음식 섭취를 담당합니다. 그러다 보니 이것을 건드리면 혈압상승, 불안, 초조함을 일으키게 됩니다. 우리 몸속에서 질병을 유발할 확률이 높다는 것입니다. 반면에 부교감신경은 수면, 비경쟁, 웃음, 적절한 운동, 명상 등을 담당합니다. 이것은 평안, 안정을 가져옵니다. 면역력을 높이고 건강을 유도한다는 의미입니다.

누구나 살아가면서 크고 작은 고난을 당하지 않을 수는 없습니다. 이때는 돌부리에 넘어진 아픔보다 일어서는 용기를 더 필요로 합니다. 경험을 해보니 인간이 불행을 당하면 어떤 삼스카라가 고통을 불러왔는지를 찾아낸다고 해서 치유가 되지는 않았습니다. 그보다는 긍정적인 덕성을 기르게 되면 부정적인 삼스카라는 수면 아래로 가라앉게 되는 걸 느꼈습니다.

우리가 살아가는 세상에서 가장 큰 승리는 용서라고 합니다. 서로가 상황발생의 당사자라고 생각하면 용서하지 못할 일은 없습니다.

나와 너를 위한 베풂, 즉 좋은 덕성을 키우는 것만으로도 치유가 되고 평화를 얻을 수가 있습니다. 더 중요한 것은 긍정입니다. 역경을 당할수록 매 순간순간 긍정적으로 살아야 합니다. 이 점을 결코 잊지 말아야 합니다.

너무나 반 세로토닌적 일들이 펼쳐져 있는 요즈음 세상에 젊은 자식들만은 부교감신경이 우위를 점하는 삶으로 고난도 근심도 드리우지 않길 바라봅니다.

가시연꽃

초원 이정순

사는 것 힘들다고
살지 않으랴
피어나기 어렵다고
피우지 않으랴

진토에 박힌 뿌리
가시를 방패 삼아
고난 아픔 견디었네

꽃봉우리 열린 날
하늘은 맑고 늪은 잠잠하니
하절 초록 흠모의 정 더하더라

푸른 늪지 가운데
보아주오 홀로 고운 빛
달 밝은 보름날 달 보다 고우리.

아버지의 인생수첩

10

지금 행복해하라

우리 인생의 황금기는 바로 지금이다.
스스로 만족하는 삶을 살아갈 때 그것이 행복한 인생이다.
나부터 살피고, 기대를 버리고 단풍처럼
아름답게 살아가면 인생이 행복하지 않겠습니까?
- 법륜스님 -

하루에도 몇 번씩 휴대폰에서 버릇처럼 확인해 보는 것이 있습니다. 바로 밴드라는 앱입니다. 대화를 주고받을 수 있는 카카오톡도 있지만 밴드는 하나의 가상공간에서 서로 동호회 모임과 같은 활동을 할 수가 있다 보니 많이 활성화가 되어 있는 것 같습니다. 저 역시도 동문, 취미 등을 포함하여 열 개 이상의 밴드에 가입해 있기도 합니다.

오십 대 중반을 살아가는 우리들의 글들을 유심히 살펴보면 행복과 관련된 글들이 많이 등장합니다. 젊음이 사라지는 서러움, 나이 듦에 따라 수반되는 질병으로부터의 고통스러움, 욕망으로부터 체념과 포기 등등을 위로하는 글이기도 합니다. 저 역시도 그런 글들을 읽으면서 위로를 받기도 하고 희망적인 마음을 가져 보기도 합니다. 그런데 우리는 행복에 대해 수없이 말을 하지만 행복이 무엇인지 또 무엇으로 이루어져 있는지 잘 모르고 살아가고 있습니다.

저자 엘사 푼셋의 『인생은 단 한 번의 여행이다』에서는 행복의 50%는 유전적으로 결정된다고 하였습니다. 나머지 10%는 건강, 교육, 결혼과 같은 주변 환경의 영향을 받고 나머지 40%는 매일의 행동, 삶의 초점 등에 좌우된다고 합니다. 다시 말하면 유전적인 요인 50% 이외 나머지는 우리 스스로에게 달려 있다는 의미입니다. 행복은 그 누구도 대신해 줄 수 없는 지극히 주관적이고 개인적이라는 뜻이기도 합니다. 우리는 행복을 결정짓는 자본들 중 유전적인 요인을 제외한 50%에 해당하는 것들을 찾아 관리를 해야만 하루가 행복한 삶을 살 수가 있습니다.

행복을 결정짓는 자본 중 첫 번째로 돈을 들 수가 있습니다. 돈은 우리의 기본 의식주를 유지해 주는 데 정말 소중한 요소임에는 틀림이 없습니다. 하지만 기본 욕구가 채워진 상태에서는 인도에 사는 빈민들이나 미국에 사는 백만장자도 행복지수는 비슷하다고 합니다. 새 차를 구입하고 새집을 마련 후 몇 개월이 지나면 원래 상태대로 돌아가는 이치와 같다고 할 수 있습니다.

두 번째 자본은 일과 건강입니다. 충분한 연금과 안정된 노후가 보장된 사람임에도 은퇴 후 일 없이 보내는 시간이 길어지면서 자살로 생을 마감했다는 뉴스가 나오는 것을 보았습니다. 이처럼 일은 없을 때보다는 있을 때가 당연히 행복지수는 상승합니다. 건강은 말할 나위도 없습니다. 우리들이 일과 건강이 있을 때 감사하는 마음을 지녀야 할 이유가 여기에 있다고 하겠습니다.

세 번째 자본은 나이입니다. 나이가 들수록 행복지수는 올라간다고 합니다. 실험에 의하면 많은 사람들이 꿈을 잃어버리고 책임감이 최고조로 압박당하는 46세까지 행복지수가 떨어지다가 신기하게도 46세 이후부터 행복지수가 반전된다고 합니다. 이유는 그동안의 경험으로 갈등을 효율적으로 해결하고 다른 사람들의 비판을 더 잘 소화를 하기 때문이라고 합니다. 또한 좌절에서 자유로워지고 힘든 야망을 덜 품게 되고 사소한 것이라도 가진 것에 만족할 줄 알기 때문이라고 합니다.

그 다음 자본은 취미입니다. 운동, 음악, 글쓰기 등은 몰입을 유도하기 때문에 행복지수를 상승시킨다고 합니다. 그 외 명상, 기도, 좋은 사람과 관계도 포함이 됩니다. 이는 마음을 다스려 의식수준을 높이고 이를 통해 긍정의 파장을 내보내는 삶을 추구하기 때문입니다.

무엇보다도 중요한 것은 과거와 미래보다는 지금 행복해할 줄 아는 습관을 들여야 합니다. 지금 행복해할 줄 알려면 바로 자신을 사랑해야 합니다. 나의 타고난 적성, 부족한 점 있는 그대로 사랑하며 절대 남과 비교하지 않는 나 자신이 진정 행복해지는 조건들만 생각하면서 살아야 합니다. 결국 행복은 내 안에 있으며 나 자신의 마음먹기에 달려있습니다.

지금까지 살아오면서 추구하려는 인생은 바로 행복이었는데 정작 나부터 살피고 당장 행복해하는 법을 미처 몰랐습니다. 불확실한 미래에 지금의 행복을 저당 잡히지는 말기 바랍니다. 아들딸들의 인생의 황금기도 바로 지금입니다. 지금 만족하고 행복해할 줄 아는 삶을 살아가길 바라봅니다.

역경,
삶의 탄력

01

노력하자,
연습 앞에는 장사가 없다

　　브라질 리우데자네이루 올림픽이 막을 내렸습니다. 이번 올림픽에서의 화두는 단연 여자골프 선수 박인비입니다. 수많은 국민들의 응원 속에서 116년만의 올림픽 골프 금메달의 결과로 '골든 커리어 그랜드 슬램'을 달성한 것입니다. 지난해 브리티시오픈에서 우승하며 '커리어 그랜드 슬램미국여자골프 메이저 대회 4회 우승'을 달성한 후 남녀 통틀어 세계 골프 사상 최초로 커리어 그랜드 슬램과 올림픽 금메달을 이루어 낸 '골든 커리어 그랜드 슬램'의 위업을 이룩했습니다. 말 그대로 역사에 남을 만한 장한 일을 해낸 것입니다. 인터넷과 언론에서는 골프여제에서 강철여제, 살아있는 골프의 전설 등 찬사를 아끼지 않았습니다.

　　허리 및 왼손 엄지손가락 인대 부상의 고통과 함께 메이저 경기의 마지막 조와 같은 부담감 속에서도 4일간 경기 내내 그녀의 샷은 신중했고 정확했습니다. 부상으로 인해 스윙 폼이 틀어져 올림픽 전 국내 경기에서 컷오프 당한 후에도 흔들림 없이 남편과 함께 폼을 교정하면서 다시 가다듬었습니다. 박인비는 우승시상식 후 기자회견에서 "어떤 성적이 나올지는 몰랐지만 제 한계에 도전한다는 생각으로 올림픽에 나왔다"라고 말했습니다.

　우리가 흔히 성공했다고 생각하는 이들을 보며 그들의 천재적 재능과 그들의 환경을 부러워합니다. 그리고 맘대로 생각합니다. 그들은 워낙 좋은 밭을 타고났으니까, 별다른 노력하지 않아도 그들은 잘될거야 등. 그러나 에디슨도 말했듯이 천재는 1%의 영감과 99%의 노력으로 이루어집니다. 그만큼 노력을 기울여야 열매를 맺을 수 있다는 의미입니다.

　노력이 천재를 이길까 천재가 노력하는 자를 이길까 어떤 사람들은 어떻게 보면 쓸모없는 토론에 정신을 빼앗기곤 합니다. 노력하는 자가 먼저냐 천재가 먼저냐는 그리 중요한 일이 아닙니다. 자신이 가진 재능이 크고 작고를 떠나 타협하지 않고 끝까지 노력할 수 있느냐에 집중했으면 합니다. 세계 유수의 역사를 보더라도 역사를 바꾸고 주도했던 자들은 노력했던 자들이었기 때문입니다. 가진 것에 연연하기보다 가진 것을 바탕으로 노력하는 것이 중요합니다.

　소크라테스가 말했듯 지금 바로 당신 곁에 있는 일이 가장 소중한 만큼 그 일에 최선의 노력을 기울여야 합니다. 그냥 노력이 아니라 박인비가 올림픽과 세계무대를 석권하는 것처럼 철저한 노력이 필요합니다. 어느 경기도 마찬가지이지만 골프에서만은 연습 이원

답이 없는 경기입니다. 골프 천재라 평가받는 그녀지만 연습을 소홀히 하는 법이 없다고 합니다.

연습 앞에는 장사가 없다는 말처럼 노력은 열정적인 삶, 성공적인 삶으로 가는 급행열차입니다.

02

그럼에도 불구하고
긍정합시다

일본 아오리현에 태풍이 불어닥쳤습니다. 어찌나 강력한 태풍이 었는지 인명 피해는 물론이고 재산 피해도 심각했습니다. 특히 아오 리현의 사과는 지역 특산물로 지역 경제에 큰 역할을 하고 있었는데, 태풍으로 인해 대부분 농장에서는 사과를 수확하는 일이 어려워졌 습니다. 채 익지도 않은 사과가 떨어졌을뿐더러 사과가 많이 상했기 때문이었습니다. 태풍은 지나갔지만 아오리현 지역 경제는 무너질 지경에 이르렀습니다. 사과 농사는 망쳤고 그나마 수확한 사과의 양 이 전체의 10% 정도에 불과했으니 상황은 너무 절망적이었습니다. 그런데 아오리현은 기사회생했습니다. 아니 예전보다 더욱 높은 인 지도와 경제력을 회복했습니다.

이유가 무엇이었을까요? 그들은 태풍으로 인해 벌어진 절망적인 상황에 시선을 빼앗기지 않았기 때문입니다. 대신 남아 있는 것들을 긍정적으로 바라본 것이었습니다. 그러자 10% 수확량에 불과한 사과가 성공 요소로 보이기 시작했습니다.

수확한 사과는 '합격 사과'로 변신했습니다. 부제로 붙은 합격 사과의 내용은 '태풍에도 절대 떨어지지 않는 사과'가 되었습니다. 이윤을 맞추기 위해 원래의 가격보다 10배나 비싸게 매겨져 시장에 선보였건만, 합격 사과는 날개돋친 듯이 팔렸습니다. 결국 아오리현의 사과는 일본 일대의 높은 지명도와 이윤을 남기며 긍정의 힘을 보여 주었습니다.

긍정, 어떤 상황에서도 가장 희망적인 생각과 말, 행동을 하도록 마음을 품는다는 사전적 의미를 갖습니다. 이 말은 곧 자기 자신의 선택에 의해 충분히 긍정할 수 있다는 것을 말합니다.

오늘날 많은 사람들이 시들어가고 있습니다. 변화하는 시대에 발맞추기 위해, 변화하는 시대를 주도하기 위해, 변화하는 시대를 따라가지 못해 영혼들이 시들어가고 있습니다. 그러나 절망적인 상황에 눈을 돌리지 않아야 합니다. 어떠한 상황에서도 자신에게 있는 좋은 부분을 바라보는 마음의 창을 열어야 합니다.

인도 우화 중에 이런 이야기가 있습니다. 평소 고양이를 너무 두려워하는 쥐가 있었습니다. 그 쥐가 가여웠던 신이 쥐를 고양이로 만들어 주었습니다. 고양이가 된 쥐는 뛸 듯이 기뻤으나 이내 고양이를 위협하는 개가 두려웠습니다. 신은 다시 쥐를 개로 만들어 주었으나, 이젠 호랑이가 무서워졌습니다. 다시 호랑이로 변하게 된 쥐는 호랑이를 사냥하는 사냥꾼이 두려워졌습니다. 사냥꾼이 두려워하는 쥐를 본 신은 이렇게 대답했습니다.

"너는 다시 쥐가 되어라. 무엇으로 만들어도 쥐의 마음을 갖고 있으니 나도 어쩔 수 없다."

사람들이 꿈을 이루지 못하는 것은 생각을 바꾸지 않으면서 결과를 바꾸고 싶어하기 때문이라는 말이 있습니다. 자기 스스로 생각을 바꾸어 긍정의 창을 열면 꿈을 이룰 수 있고 결국 인생을 변화시킬 수 있다는 의미입니다. 이 쥐가 마음의 창을 열어 좋은 부분을 바라보았다면 충분히 더 나은 인생을 살 수 있었을 것입니다.

우리의 뇌는 진짜와 가짜를 구분하지 못한다고 합니다. 『뇌내혁명』을 지은 하루야마 시게오는 우리 뇌는 어떻게 생각하느냐에 따라 달라진다고 주장했습니다. 마이너스 발상을 하면 뇌도 그렇게 작용하여 부정적인 호르몬을 분비하지만, 플러스 발상 즉 긍정적인 생각을 하면 베타 엔돌핀이란 것이 분비되어 사람을 젊고 건강하게 만든다는 것입니다.

지금은 이러한 긍정적 생각이 필요한 때입니다. 시들어가는 영혼들을 일으켜 세울 강력한 무기는 긍정 바이러스입니다. 긍정 바이러스는 한번 침투하면 절대 세력이 약해지지 않으면서 생각을 변화시키고 꿈을 이루게 하여 인생을 찬란하게 이끌어 줄 것입니다. 또한 바이러스가 지닌 특징인 폭발적 전염력이 더해져 시들어가는 세상을 밝히리라 생각합니다. 우리는 본래 긍정적인 존재입니다. 우리 모두는 그저 긍정 바이러스 버스에 올라타기만 하면 됩니다.

03

중요한 세 가지

한국 사람들은 삼세번을 참 좋아합니다. 가위바위보를 해도 삼세 번으로 승부를 가리기도 하고, 게임을 해도, 뭘 먹어도 삼세번을 강조합니다. 3이란 숫자가 지닌 완벽성도 있지만 한국인들이 세 번을 중시하는 것은 단 한 번으로 결정을 내리기보다 기회를 조금 더 줌으로써 만회할 여유를 주는 긍정적 이유도 있을 것입니다.

그런 의미에서 인생에 있어 중요한 세 가지에 대한 이야기를 해보고자 합니다. 인생을 살면서 다스려야 할 세 가지가 있다고 합니다. 그것은 성질, 혀, 행위입니다. 부연 설명하는 것이 무색할 정도로 말을 조심하고, 행동을 조심하며 성질을 조심해야 하는 것은 너무 중요한 일일 것입니다. 하여 이 세 가지는 늘 함께 행동합니다.

세 치 혀의 권력은 대단합니다. 논리학자였던 피에르 아벨라르는 논쟁에서 누구에게도 진 적 없고 공개논쟁에서조차 스승을 굴복시킬 정도의 실력의 소유자였습니다. 그의 혀는 대가와 석학들을 상대로 무참히 논쟁과 토론을 벌여 굴복시키고야 말았습니다. 어딜 가나 주위 사람들의 위선을 폭로하는 데 열심이었던 그였기에 사람들은 그를 경외하면서도 돌아서면 그의 불운을 기원할 정도로 미워했습니다.

말년에 고향의 수도원 원장으로 부임했지만 그곳에서도 세 치 혀는 끊임없이 비판을 쏟아냈습니다. 하여 독살당할 뻔하기도 했습니다. 훗날 사람들은 그를 천재라 기억하면서도 남에게 깊은 아픔과 상처를 주는 천재라고 회고했습니다. 그의 불행한 삶의 원인은 무엇이었을까요? 결국 혀와 성품 결국 행동까지 다스리지 못했기 때문이었습니다.

인생에서 다스려야 할 세 가지를 반드시 기억하길 바랍니다. 이 세 가지는 늘 조심해야 하지만 여기에 긍정의 요소를 불어넣으면 의외의 결과가 나타납니다.

세 치 혀의 부정적인 이미지에 긍정을 불어넣는 것입니다. 아벨라르가 입을 열 때마다 부정적인 말을 쏟아부었던 것과는 달리 긍정의 말을 담는 것입니다.

가령 긍정 말하기는 다음과 같습니다.

"나는 안 돼" ☞ "나는 돼"

"나는 할 수 없어" ☞ "나는 할 수 있어"

"저 사람 맘에 안 들어" ☞ "저 사람 맘에 들어"

"나 같은 게…" ☞ "나나 되니까…"

절대 어려운 일이 아닙니다. 옛말에 말이 씨가 된다는 말이 있듯 긍정의 말이 씨가 되어 행동을 변화시키고 결국 성품을, 나아가서는 인생을 변화시킬 수 있습니다.

어떤 사람은 못생긴 얼굴이 늘 콤플렉스였습니다. 남들처럼 조각 외모는 갖지 못할망정 주먹코에 빨개지는 얼굴빛 때문에 대인 관계에 있어서도 소극적이었던 그는 열등감으로 똘똘 뭉쳐 있었습니다. 그런데 어느 날, 거울을 보던 그에게 의문이 들었습니다. 철들고 나서 처음으로 거울을 찬찬히 들여다보는데 나름대로 괜찮은 자신의 모습을 발견한 것이었습니다. 주먹코지만 그리 크지 않아 복스러워 보였고 얼굴빛은 발그레 생기가 있어 보였습니다.

그의 마음에 변화가 일어났습니다. 그날부터 거울을 볼 때마다 외쳤습니다.

"나는 자알~ 생겼다!!"

처음엔 부끄럽고 창피스러웠지만 입 밖으로 말을 내뱉고 나니 더욱 외모에 자신감이 붙은 것이었습니다. 이제 그는 학생들 앞에 강의를 하면서 자신의 훈남 외모를 자랑하기까지 합니다. 긍정의 말이 씨가 된 것입니다. 말이 변하자 그의 행동은 자신 있고 당당하게 바뀌었으며 성품도 넉넉하게 변화된 것은 말할 것도 없습니다.

우리는 각자 자신의 인생을 디자인해 나가는 디자이너입니다. 디

자이너로서 다스려야 할 세 가지를 염두에 두되 언제나 긍정의 요소를 더해야 합니다. 그렇게 된다면 다스리는 일이 조심스러운 것이 아닌 신나는 일이 될 것입니다. 한때 부족했던 저부터 바꾸어야 하겠습니다.

04

당신은
잡초가 아닙니다

 좋아하는 정호승 시인의 책을 샀습니다. 그의 글은 동화적이면서도 심금을 울리는 스토리가 있어 즐겨 읽곤 하는데 그중에서도 가슴을 치는 시가 있어 소개하고자 합니다.

 꽃과 잡초는
 구분되는 것이 아니다.
 잡초란 인간이 붙인
 지극히 이기적인 이름일 뿐이다.
 인간의 잣대로 해충과 익충을 구분하는 것처럼
 그러나 인간이 뭐라고 하든
 제비꽃은 장미꽃을 부러워하지 않는다.
 이 세상에 예쁘지 않은 꽃은 없다.

　　　　　　　　 - 정호승 〈이 시를 가슴에 품는다〉 중에서

한번은 텃밭을 가꾸다가 곳곳에 자라난 풀들을 솎아 내느라 땀을 흘렸습니다. 원래는 여기저기 피어난 민들레꽃도 보고 심어놓은 명아주도 보려는데 달갑지 않은 손님들이 보였습니다. 여기저기 가리지 않고 자란 망초였습니다. 예부터 망초는 마구 자라며 밭을 망치는 망할 놈의 잡초라는 의미로 망초라 불렸다고 합니다. 조금 더 거슬러 올라가자면 일제시대 온 천하에 이 망초들이 그렇게 많이 자라나 망할 亡을 붙여 개망초라고도 했답니다.

어쨌든 그 망초가 여기저기 돋아난 것을 물끄러미 바라보는데 그 모습이 과히 나쁘지 않았습니다. 문득 궁금한 생각은 왜 이 아이들은 망할 놈의 잡초라는 이름을 갖게 되었으며, 그 이름을 갖게 된 후 얼마나 모진 편견 속에 살아야 했을까였습니다.

하여 망초에 대해 조금 알아보니 망초가 여러모로 쓸모가 있었습니다. 약효적으로는 장의 연동 운동을 원활하게 하며 배변 활동을 돕는 기능이 있습니다. 또 밭에서 자라는 식물이니 그대로 뜯어서 나물로 무쳐 먹어도 좋고 구수한 된장찌개에 넣어 먹어도 좋다는 것입니다. 게다가 아기자기하게 삐쭉 내민 꽃은 참 귀엽습니다.

망초를 보며 생각했습니다. 모두가 꽃이었다면 망초도 한껏 사랑받고 존재했을 것입니다. 우리는 아무것도 모른 채 잣대를 들이밉니다. 우리는 꽃과 잡초를 구분 지을 권리가 없습니다. 다만, 자기 스스로 잡초가 아니란 사실을 굳게 믿고 그대로 살아나가면 됩니다. 망초가 자기 주변에 핀 화려한 장미꽃을 보고 부러워한다면 망초는 존재감이 사라집니다. 장미는 장미대로, 망초는 망초대로 존재가치가 있고 서로가 다른 것이지 틀린 것이 아닐 뿐입니다.

이 세상에 예쁘지 않은 꽃은 없습니다. 스스로 자신이 아름답다는 사실을 잊으면 아름다움도 사라지는 법입니다. 또한 자신의 잣대로 아름답지 않다는 판단을 내리면 그 순간 서로가 불행해집니다.

우리는 모두 잡초가 아닙니다. 스스로 그렇게 생각해야 하고 스스로 그렇게 평가해 주어야 합니다. 그렇게 될 때 망초는 아름다운 망초로 빛나고 당신은 스스로 빛나는 당신이 될 수 있습니다.

아버지의 인생수첩

05

역경,
삶의 탄력

1954년 학자들이 카우아이란 섬에 도착했습니다. 하와의 군도 끝에 위치한 이 작은 섬은 대대로 지독한 가난에 시달렸고 주민들 대다수도 범죄자, 알콜중독자, 정신질환자 등이었습니다. 학자들은 이 섬에 와서 30년 이상의 연구를 시작했습니다. 1955년에 태어난 신생아 833명이 엄마 배 속에 있을 때부터 30세 이상 성인이 될 때까지 삶을 추적한 것입니다.

학자들의 수장 격인 심리학자 에미 워너 교수는 833명 중에서도 특히 열악한 상황에서 자란 201명을 추려 성장과정을 분석했는데, 예상 외의 결과에 깜짝 놀랐습니다. 그들이 스스로 '고위험군'이라 불렀던 아이들 중의 3분의 1인 72명이 밝고 건강한 청년으로 성장한 것입니다. 애초 대부분 사회부적응자가 되었을 거란 가설이 깨지는 순간이었으나 이내 워너 교수는 그들의 공통된 속성을 발견했습니다. 그것은 역경을 이겨내는 힘이 있었다는 것이고 교수는 그것을

'회복탄력성'이라 불렀습니다. 그때부터 알려진 회복탄력성은 심리학에서 매우 중요한 개념이 되고 있습니다. 특히 요즘과 같이 긍정의 힘이 더욱 필요한 때에는 더욱 그렇습니다.

회복탄력성은 시련을 딛고 다시 튀어 오르는 힘입니다. 이 지수가 높은 사람은 원래의 자신의 자리로 돌아올 뿐 아니라 예전보다 더 발전합니다. 반면 이 지수가 낮은 사람은 시련이 다가왔을 때 그냥 주저앉습니다. 학자들이 말하길 선천적으로 회복탄력성을 지닌 사람은 인구의 3분의 1정도라고 하지만 그들은 훈련을 통해 이 지수를 높일 수 있다고 합니다.

역사를 화려하게 장식한 위대한 위인들의 삶을 보면 대부분 위기와 시련을 넘어 위태로운 순간을 경험했습니다. 누구 한 사람 평탄한 길을 걸어 그 자리에 오르지 않았습니다. 주변 사람들의 모함을 받아 위기를 경험하기도 하고, 신변의 위협을 받아 죽을 고비를 넘기기도 합니다. 뿐만 아니라 스스로 병이 들어, 환경이 받쳐주지 않아 온갖 고난을 겪지만 결론적으로 그들은 돌파구를 찾아 예전보다 더 좋은 결과를 이끌어냅니다.

한마디로 그들은 회복탄력성이 높습니다. 물론 선천적인 이유도 있겠지만 그들은 좌절의 순간 주저앉지 않고 끊임없이 생각을 훈련했던 것을 알 수 있습니다. '잘될 것이다.', '우리는 승리할 수 있다.' 이러한 긍정적인 마인드로 뇌를 습관화시킨 결과 절망을 이겨내고 훌륭한 영웅이 된 것입니다.

아버지의 인생수첩

어느 연구에 따르면 사람을 행복하게 만든 일보다 불행하게 만드는 일의 양도 많고 강도도 더 센 것처럼 느껴지기 때문에 사람들이 쉽게 좌절한다고 합니다. 그러나 하나님은 또 공평하게 그것을 이겨낼 수 있는 잠재적 능력을 주셨습니다. 회복탄력성이 있다는 말입니다. 사람에 따라 강도의 차이는 있을 수 있겠지만 긍정의 힘으로 지수를 높이면 됩니다. 여러 연구를 통해서도 나타났듯이 외부적으로 오는 행복이나 불행은 일시적인 것에 불과합니다. 절망에 빠져 있다면 뇌의 긍정성을 향상시킬 훈련을 해야 합니다.

저자 김주환 교수의 『회복탄력성』에서는 뇌의 긍정성을 높이는 훈련을 통해서 회복탄력성이 향상된다고 합니다. 입으로 긍정을 말하고 뇌에 습관적으로 긍정을 심어주는 습관화 작업을 하면 됩니다.

'난 잘할 수 있다.', '나는 반드시 더 나아질 수 있다.' 이런 긍정적 정서를 심어줌으로써 절망을 뛰어넘을 수 있어야 합니다. 절망적인 순간에는 모든 것이 무기력해지고 생각도 무뎌집니다. 그러나 그런 때일수록 우리의 뇌는 습관화된 생각에 의해 움직입니다. 긍정학의 대가 마틴 샐리그먼 박사가 제시한 긍정훈련의 하나인 '자신의 고유한 강점 실천하기'도 절망을 긍정으로 바꾸는 방법이 될 수 있습니다.

우리 안에는 절망에서 긍정으로 돌이키는 회복탄력성이 있습니다.

역경은 또 다른 의미의 삶의 탄력이 될 수 있습니다. 역경을 통해 당신의 뇌에 긍정적 생각이 습관화할 것이고 그로 인해 회복탄력지수는 무한히 높아질 것이기 때문입니다.

06

삶의 균형을
잡아주는 등짐

언젠가 인디언들의 삶의 이야기를 들은 적이 있습니다. 자연을 친구 삼아 살아가는 그들은 자연에서 살아가야 할 방법을 스스로 터득합니다. 평야에서 생활하는 그들이지만 먼 길을 떠나며 강을 만날 땐 좀 특이한 방법으로 강을 건넌다는 것입니다. 강을 건너기 위해 중간중간에 돌덩어리를 놓고 그 위를 건너가는 것은 우리와 비슷한 방법이지만 강을 건널 때 반드시 등에 꽤 무거운 짐을 지고 간다는 것입니다. 왜 그럴까요? 물살이 센 강을 건너는 일도 힘들 텐데 무거운 짐까지 지고 가려니 그들이 어리석다고 느껴질 수도 있을 것입니다.

하지만 그들은 지혜롭습니다. 등에 짐이 있어야 몸의 균형이 잡히기 때문에 앞으로 쏠리거나 넘어지는 일을 방지할 수 있다는 것입니다. 그 이야기를 들으며 인디언들의 지혜에 사뭇 감탄하였습니다.

저도 살다 보니 등에 져야 할 짐이 많다는 것을 느낍니다. 사람들도 저마다 등에 크고 작은 짐들을 얹고 삽니다. 아마 한 사람도 짐이 없는 이들은 없을 텐데도 어떤 이들은 자신의 짐이 너무 무겁다며 불평하고 때론 억지로 내려놓으려 합니다. 내려놓으면 날아갈 것 같겠지만 현실은 그렇지 않습니다. 내려놓으면 오히려 앞으로 고꾸라질 수 있습니다. 하여 적당한 짐이 등에 얹혀 있을 때 '아… 내가 균형을 잘 잡고 있구나.'라고 생각하게 됩니다.

옛날 어른들은 "대문 열고 들어가면 문제없는 집 없다"는 말씀을 종종 하셨습니다. 누구나 문제를 안고 살기 때문에 그것을 각자 잘 이겨내면 된다는 의미였을 것입니다. 그러므로 자신의 등에 얹힌 등짐을 자신이 교만하지 않으려고 하는 마음의 추라고 여겼으면 좋겠습니다. 그래야 억지로 벗어던지지 않고 무게에 짓눌려 쓰러지지도 않을 테니 말입니다. 그런 의미에서 정호승 시인의 '내 등에 짐'이란 시는 절망적인 상황에서 긍정을 찾는 이들에게 너무도 위로가 되는 글이라 생각합니다.

내 등에 짐

정호승

내 등에 짐이 없었다면
나는 세상을 바로 살지 못했을 것입니다.
내 등에 있는 짐 때문에 늘 조심하면서 바르게

성실하게 살아왔습니다.

이제 이제 보니 내 등의 짐은 나를 바르게 살도록 한

귀한 선물이었습니다.

내 등에 짐이 없었다면

나는 사랑을 몰랐을 것입니다.

내 등에 있는 짐의 무게로 남의 고통을 느꼈고

이를 통해 사랑과 용서도 알았습니다.

이제 보니 내 등의 짐은 나에게 사랑을 가르쳐

준 귀한 선물입니다.

내 등에 짐이 없었다면

나는 겸손과 소박한 기쁨을 몰랐을 것입니다.

내 등의 짐 때문에 나는 늘 나를 낮추고 소박하게

살아왔습니다.

이제 보니 내 등의 짐은 나에게 기쁨을 전해 준

귀한 선물이었습니다.

물살이 센 냇물을 건널 때는 등에 짐이 있어야

물에 휩쓸리지 않고

화물차가 언덕을 오를 때는 짐을 실어야 헛바퀴가

돌지 않듯이 내 등에 짐이 나를 불의와 안일의 물결에

휩쓸리지 않게 했으며

삶의 고개 하나 하나를 잘 넘게 하였습니다.

내 나라의 짐, 가족의 짐, 직장의 짐, 가난의 짐

몸이 아픈 짐, 슬픈 이별의 짐들이

내 삶을 감당하는 힘이 되어

오늘도 최선의 삶을 살게 합니다.

07

넘어진 김에
쉬어갈 줄 아는 지혜

옛말에 넘어진 김에 쉬어가라는 말이 있습니다. 방송인 김제동 씨가 이 말과 관련하여 넘어진 김에 꽃 보고 간다는 말도 썼습니다. 등산 마니아로 알려진 그였기에 넘어진 김에 꽃 보고 간다는 표현을 썼는지도 모르겠습니다. 여하튼 그 말이 그렇게 정겹고 여유롭게 느껴질 수가 없었습니다.

살아가면서 넘어졌다고 표현할 때 사람들은 어떻게 하면 빨리 일어설까에 집중합니다. 왜 우리는 넘어진 김에 쉬어가지 못하는 것일까요? 인생은 끊임없는 도전의 연속이라 그럴까요? 아님 신자유주의 경쟁사회의 폐단일까요? 왠지 뒤처질 것 같은 생각 때문에 넘어짐과 동시에 일어서려고 하는지도 모르겠습니다.

과일나무들은 1년 동안 열매를 맺는 것을 포기하고 에너지를 비축하면서 재충전을 합니다. 이를 두고 해거리를 한다고 합니다. 병

충해를 입은 것도 아니고 토양이 나빠진 것도 아닌데 열매 맺는 것을 쉰다는 것입니다. 그 이유는 오직 살아남기 위해서라고 합니다. 해거리 기간 동안 나무는 모든 신진대사 활동 속도를 늦추며 매우 느리게 재충전하는 데에만 신경을 씁니다. 자기 스스로에게 쉼을 주는 것입니다. 해거리 이후의 나무는 어떻게 변해있을까요? 이전보다 더 풍요로운 열매를 맺고 윤택한 성장을 합니다.

나무뿐만 아닙니다. 토지 휴경을 위한 제도인 7년마다 쉬게 하는 안식년이 있습니다. 이 제도에 따라 성직자들도 자기 스스로에게 재충전할 수 있는 기회를 갖습니다. 뭔가 열심히 일을 하다가 손을 놓고 쉰다는 것이 쉬운 일이 절대 아닙니다. 더군다나 절망의 상황, 즉 넘어진 상태에서 손을 놓는 것은 더더욱 어려울 것입니다. 그러나 그럴 때일수록 휴식이 필요합니다. 다른 모든 것을 포기하고라도 얻어야 할 삶의 자양분이 휴식이란 것을 나무의 해거리를 통해 이미 알고 있지 않았는가 말입니다.

인생 굽이굽이 어려운 상황이 다가올 때에도 잠깐의 휴식이 반드시 필요합니다. 인생을 마라톤이라 하는 것처럼 우리의 인생은 길고 깁니다. 그러니 하루 종일 움직이는 시계 초침도 아니고 감정과 감성이 있는 우리에겐 해거리가 있어야 합니다. 넘어진 김에 쉬었다가 꽃도 보고 나무도 보고 콧노래도 흥얼거리는 여유를 스스로에게 주었으면 좋겠습니다.

해거리를 잘 보낸 나무가 더 주렁주렁 열매를 맺는 것처럼 절망의

순간에 자신에게 주는 휴식은 생각지도 못한 놀라운 결과를 가져올
수 있습니다.

　아들들도 넘어졌을 때는 스스로를 쉬게 해 주기 바랍니다. 조금
늦는다고 인생이 달라지지 않습니다. 넘어진 김에 자신을 추스르고
다시 일어나 더 멀리 뛰면 됩니다.

08

나는 나무처럼 살고 싶다

우종영 씨가 쓴 『나는 나무처럼 살고 싶다』라는 책에 보면 이 회양
목에 대한 소개가 나오는데, 짤막하고 볼품은 없어도 긴 시간 속에서
다지고 다져 어떤 나무와도 비교할 수 없는 단단함을 지닌다고 합니다.
이러한 견고함으로 도장을 만드는 훌륭한 재료가 된다는 것입니다.

키도 작고 볼품없는 나무지만 오랜 시간 회양목은 모진 비바람과
더딘 성장이라는 아픔을 삼켜야 했는지도 모릅니다. 차라리 다른 나
무와 비교할 수도 없는 작은 모습에 그만두고 싶었을 수도 있었을 것
입니다. 그러나 그 모든 상황을 묵묵히 견뎌냈기에 그 어느 나무보다
도 훌륭한 도장의 재료가 되지 않았나 싶습니다.

그러고 보면 시련은 시간과의 싸움이 아닐까 싶습니다. 시련이 다
가왔을 때 그것을 견뎌내지 못해 성급히 실패한 일생이라 단정 짓는
경우가 많습니다. 하지만 그 시간을 견디다 보면 그 시련과 절망은

지나갑니다. 모든 것은 지나간다는 말이 명언인 이유가 바로 여기에 있는 것입니다.

우리나라 음식이 세계적으로 건강식으로 재평가되는 이유를 보면 발효 과학의 위대함이 있기 때문입니다. 발효라는 것이 무엇입니까? 한마디로 숙성 시간을 가짐으로써 새롭게 거듭났다는 것 아닌지요.

우리네 삶도 마찬가지입니다. 어려움이 다가오고 뭔가 되는 일이 없이 더디게 느껴지는 절망적인 상황에서 멈추면 안 됩니다. 그 시간은 회양목이 서서히 자라나는 시간이요, 근육이 수축과 이완을 통해 서서히 자리 잡는 시간이요, 절망이 숙성하여 희망으로 변해가는 순간입니다. 그렇기에 절망이라는 숙성 기간을 받아들여야 합니다.

'아… 내가 성장하고 있구나.', '내가 숙성되어가고 있구나.'

이렇게 자신을 격려할 때 상황이 긍정적으로 바뀌고 거듭날 수 있게 됩니다. 2,000년 전 맹자도 절망을 침체기로 본 것이 아니라 숙성 기간으로 보라고 말하였습니다. 그러므로 그의 말을 다시금 되새길 필요가 있는 것입니다.

'하늘이 장차 그 사람에게 큰 사명을 주려 할 때는 반드시 먼저 그의 마음과 뜻을 흔들어 고통스럽게 하고 그 힘줄과 뼈를 굶주리게 하여 궁핍하게 만들어 그가 하고자 하는 일을 흔들고 어지럽게 하나니 그것은 타고난 작고 못난 성품을 인내로써 담금질하여 하늘의 사명을 능히 감당할 만하도록 그 기국과 역량을 키워주기 위함이다. 작금의 시련과 역경은 나를 단련시켜 크게 사용하려고 하는 것이다.'

09

절망의 순간에도
자신 있게 일어날 수 있는
꿈을 잡아라

몇 년이 지난 이야기입니다. 영국의 오디션 프로그램인 브리튼스 갓 탤런트의 한국판 오디션 프로그램이었던 '코리아 갓 탤런트'라는 프로그램에서 넬라 판타지아 노래로 감동을 준 최성봉 청년을 기억하실 것입니다. 지금은 미국 CNN에 소개되고 유투브 동영상을 통해서도 전 세계적으로 알려진 젊은이입니다. 『무조건 살아, 단 한 번의 삶이니까』의 저자이기도 합니다.

어릴 적 부모로부터 버림을 받고 고아원으로 가게 되었고 그곳에서는 집단 구타 등에 시달리다가 견디지 못하고 차가운 세상 밖으로 나오게 된 것입니다. 한창 부모의 사랑과 보호 속에 자라야 할 다섯 살의 최성봉 군은 거리를 전전하며 노숙을 시작했다고 합니다. 구걸을 하기도 하고 나이트클럽이나 공중화장실 등을 잠자리 삼아 살다가 조금 컸을 때는 껌팔이를 하며 거리에서의 생활을 이어갔습니다.

초등, 중등 검정고시로 공부를 하다가 학교라는 곳은 고등학교가 처음이었습니다.

그는 막노동을 전전하며 살던 어느 날 클럽에서 노래하던 성악가를 보았다고 합니다. 노래를 최선을 다해 부르는 그 성악가의 모습에서 큰 위로가 다가왔다고 했습니다. 절망적인 상황에서도 노래에 대한 꿈은 최성봉 군을 빗나가지 않게 잡았습니다. 한번도 노래를 배운 적이 없고 특히 성악이란 전문적인 분야는 더더욱 몰랐지만 그냥 부딪혀보았다고 했습니다. 어렵게 들어간 대전예고에서도 새벽까지 일을 하며 돈을 벌고 개인 레슨을 할 형편이 되지 못했기에 무료로 하는 마스터 클래스에는 무조건 찾아가 기웃거리며 강의를 들었고, 음반을 사서 듣고 따라 부르는 등 거의 독학으로 노래를 불렀다고 합니다.

프로그램에서 드디어 최성봉 군의 노래가 시작되었습니다. 당시 한번도 성악을 제대로 배우지 못했던 그였지만 이미 그는 노래에 대한 예의를 갖추고 있었습니다. 저 환상 속에서 정직하고 평화롭게 살아가는 이상향을 노래하는 넬라 판타지아란 노래를 따라 스물 두 살의 청년의 노래가 끝나기도 전에 이미 사람들은 눈물을 흘리고 있습니다. 생각지 못했던 청아한 음색과 함께 마음 저 깊은 곳에서부터 나오는 울림이 가득 찼기 때문입니다.

최성봉 군은 누구보다 불우하고 절망적이었던 과거의 늪에 빠져 있지 않았습니다. 노래라는 희망의 꿈을 잡고 긍정적인 인생을 선택

했습니다. 그 용감한 선택에 모두가 박수를 쳐준 것입니다. 방송 이후 몇 년이 흐른 지금 최근 근황을 조회해보니 지난 7월에는 필리핀 마닐라에서 열린 초청공연에서 네 곡을 부르며 참석자들에게 신선한 감동을 주었다고 합니다.

그는 음악인으로서 강연가로서 작가로서 불우한 이들에게 희망을 주는 쾌활하고 겸손한 삶을 살아가고 있다고 합니다.

제가 중학교 시절의 한 친구 이야기입니다. 같은 동네였지만 저는 번듯한 집에 살았고 친구는 동네 산기슭 어귀 넝마주이들이 모여 있는 움막에 살았습니다. 같이 옆에 있으면 퀴퀴한 쉰내가 났으며 그런 생활을 한다는 자체로만 주변 친구들은 그와 거리를 두었습니다. 그런데 한 동네에서도 서로의 집이 거리가 가깝고 태권도 운동을 같이 하다 보니 저와는 친하게 지내는 사이가 되었습니다. 잘 못 먹고 사는 까닭인지 키와 덩치는 작아 상대적으로 제가 훨씬 더 커 보였습니다. 그런데도 태권도 겨루기 운동에서만은 절대 지지 않는 승부근성이 강한 녀석이었습니다. 부잣집 아이들이나 악동이었던 친구들이 그를 따돌림 할 적에는 저는 친구의 편을 과감히 들어주기도 했었습니다. 가끔씩 친구가 사는 집에 놀러 갈 때면 심한 악취와 불결한 환경에 눈살도 찌푸려졌지만 그래도 친구가 좋아 어린 마음에 참 잘해주

아버지의 인생수첩

었던 것 같습니다. 제가 입던 헌옷을 주기도 하였고 음식을 먹다 말고 친구가 생각나서 잽싸게 동네를 가로질러 가져다주었던 기억도 있습니다.

그러다가 고등학교를 진학하고부터는 그 친구와는 헤어지게 되었습니다. 커오면서 가끔씩 그 친구의 삶이 참 궁금했었지만 제 살기에도 급급하여 잊고 살았습니다. 세월이 흘러 성인이 되었고 나이가 사십 줄을 바라볼 때 우연히 그 친구를 다시 만나게 되었습니다. 그런데 그 친구는 훌륭하게 성장해 있었습니다. 비록 집안이 가난해서 실업계 고등학교를 겨우 졸업했지만 공무원의 꿈을 키워왔다고 했습니다. 어렵게 소방공무원 시험에 합격하였고 성실하게 근무하여 어엿한 간부의 생활을 하고 있었습니다. 이야기 도중에 친구는 여전히 강한 승부근성이 몸에 배어있음을 느낄 수가 있었으며, 소방공무원으로서 미래의 꿈과 자긍심도 대단하였습니다. 무엇보다도 가족들과 참 행복하게 살아가고 있습니다. 요즈음 유행하는 말 그대로 흙수저 출신이었던 친구였지만 지금은 금수저보다 더 행복한 삶을 누리고 있는 것 같습니다.

우리 인생에서 우리가 선택 못 하는 것 중 하나가 태어나는 조건입니다. 그러다 보니 절망적인 순간은 누구에게나 있을 수가 있으며 또 찾아오게 됩니다. 그러나 그것을 버티지 못하고 주저앉으면 더 이상의 기회는 오지 않을지도 모릅니다. 최성봉 군이나 제 친구는 희망이 찾아올 것 같지 않은 절망적인 순간을 어린 나이에 겪었지만 꿈이라는 긍정 에너지를 붙잡았기에 헤쳐 나올 수 있었습니다. 우리도 마찬가지입니다. 아무리 힘들고 위기의 순간이 와도 자신을 일어설 수 있게 만드는 꿈을 붙잡아야 합니다. 절망과 함께 꿈마저 잃어버리면 안 됩니다.

'나에겐 이런 꿈이 있다. 이 꿈이 나를 이끌 것이다'라는 마음을 가질 때, 자신도 모르는 사이 꿈이 자신을 이끌어 가고 있는 것입니다. 젊은 아들딸들도 절망의 순간이 다가와도 꿈마저 버려서는 결코 안 됩니다. 최성봉 군이나 제 친구처럼 말입니다.

아버지의 인생수첩

10

부족하면 채우면 되고, 넘치면 덜어내면 되고

신앙적인 면을 떠나 개인적으로 법정 스님의 자족의 철학을 존경하는 저로서는 그의 책을 자주 읽는 편입니다. 한번은 그의 책에 나온 이 구절이 저를 잡아끌었습니다.

"빗방울이 연잎에 고이면 연잎은 한동안 물방울의 유동으로 일렁이다가 어느 만큼 고이면 수정처럼 투명한 물을 미련 없이 쏟아 버린다. 그 물이 아래 연잎에 떨어지면 거기에서 또 일렁거리다가 도르르 연못으로 비워 버린다.

이런 광경을 무심히 지켜보면서 연잎은 자신이 감당할 만한 무게만을 싣고 있다가 그 이상이 되면 비워 버리는구나 하고 그 지혜에 감탄했었다. 그렇지 않고 욕심대로 받아들이면 마침내 잎이 찢기거나 줄기가 꺾이고 말 것이다.

세상 사는 이치도 이와 마찬가지다."

작가 최인호가 쓴 『상도』에 보면 계영배라는 술잔이 등장합니다. 의주에 사는 거상 임상옥이 항상 곁에 두고 자신의 과욕을 다스렸다는 신비의 술잔입니다. 이 술잔이 실제로 존재하는지는 모르지만, 어쨌든 이 잔에 술이 70%를 넘으면 모두 저절로 사라져 버립니다. 임상옥이 잠시 와신상담할 때 그를 관찰하시던 스님께서 그에게 가르쳐 준 3가지 교훈 중 마지막으로 계영배를 전해주시며 財上平如水人中直衡재상평여수인중직형 즉, 재물은 평등하기가 물과 같고 사람은 바르기가 저울과 같다는 말을 전했다고 합니다. 사람이라면 누구나 갖게 되는 과욕을 제어할 수 있어야 존재할 수 있다는 의미로, 계영배는 조금 부족함에서 자족의 미학을 찾으라는 교훈이 아니었을까라는 생각이 듭니다.

사람에겐 짊어질 수 있는 짐의 양이 있습니다. 그런데 욕심이 과하다 보면 능력보다 더 많은 양을 담으려고 합니다. 더 많이 가지려고 하고 더 많이 누리려고 하는 인간의 본능이 성장의 발목을 잡는 것을 너무도 많이 보았습니다.

반면 부족한 것을 당연하게 생각하는 경우도 있습니다. 부족함이 마치 자족의 미학인 것처럼 생각한 나머지 채우려는 노력조차 하지 않는 경우도 있습니다. 그러나 계영배가 말하는 30% 부족함은 과하지 말라는 의미이며 꽉 채우는 일을 조심하라는 것으로 해석이 됩니다.

어떤 사람은 자신이 부족하게 살아가는 것을 운명처럼 받아들이곤 합니다. 가난을 천직처럼 살아간다거나 무지를 당연히 여기는.

역경, 삶의 탄력

그것은 부족함에서 오는 여유가 아니라 부족함을 핑계 삼아 발전하지 않으려는 무기력입니다.

살다 보면 부족하거나 넘치는 경우를 많이 경험하게 됩니다. 그때마다 연잎에서 배웠던 세상의 이치를 떠올렸으면 좋겠습니다. 감당할 만큼 물을 품었다가 더 이상 버틸 힘이 없으면 미련 없이 비워 버리는 쿨Cool함을 가졌으면 좋겠습니다. 자신이 너무 많은 것을 품고 있다고 생각하면 미련 없이 비워 버리면 되고, 너무 부족하게 품고 있다고 생각하면 아낌없이 채우면 됩니다.

얼마나 긍정적인 철학입니까? 부족하면 채우면 되고, 넘치면 덜어내면 되니 우리는 더 이상 고민할 것도 없습니다. 그저 자기 자신과 끝없이 만나며 자신을 체크하기만 하면 됩니다.

아버지의 인생수첩

11

행복한 밑지기

사람이 부비며 살아가는 곳에서 너무 계산적인 것은 좋지 않습니다. 계산력에 민감하기보다 이해력에 민감한 편이 더 낫습니다. 밑지는 것 같은데 결국 이익이 되는 것, 이런 아이러니가 사람과 사람 관계에 분명히 존재합니다. 밑지고도 잘해주는 우직함이 사람과 사람을 잇는 진심의 끈이 되기 때문입니다.

사회생활을 하다 보면 수많은 계산적인 만남을 볼 수가 있습니다. 내가 필요로 할 때는 진심인 듯 주다가 그 일이 종료가 되면 슬그머니 나 몰라라 합니다. 그렇게 살다가 또 필요로 하면 또 연락이 옵니다. 그럴 때는 참 씁쓸하기 그지없습니다.

그런 사람들이 있는 반면에 돈을 주시면서까지 치료를 해주는 의사가 한 분 계셨습니다. 한국 의료계의 큰 별이시면서 대표적인 바보라 일컬어지던 장기려 박사님도 늘 밑지고 손해 보는 의사이셨지만 그가 얻은 것은 사람들의 존경과 사랑이었습니다. 누구도 밑진 것이 아닙니다. 오히려 그의 행동으로 모든 사람이 긍정적인 힘을 얻었습니다. 사람과 사람을 잇는 긍정 에너지를 꿈꾼다면 밑지는 장사를 해보길 바랍니다. 당장은 손해 보는 것 같지만 결국 서로에게 대단한 이익을 가져다줍니다. 일단 한번 믿어도 됩니다.

아버지의 인생수첩

열정적이고 행복한 삶을 살다가

돌부리에 잠시 넘어진 적도 있었습니다.

그러나 지나보니 이 넘어짐은 더 멀리 가기 위한 휴식이었습니다.

다시 절반의 세월이 기다리고 있다고

제 인생의 터닝포인트를 설정하라는 손짓이었습니다.

제 삶을 되돌아보면서 쓴 인생수첩은

사랑하는 두 아들에게 물려줄

정신적인 유산이 된 셈입니다.

살아가면서 아무 일도 일어나지 않는 것이 제일 좋겠지만 어쩔 수
없이 일어났다면 긍정으로의 전환이 무척 중요하다고 봅니다. 세상
을 살다 보면 아무것도 아닌 일인 것 같은데 이상하게도 엄청나게 꼬

여갈 때가 있습니다. 지금 생각하면 참으로 단순하고 웃기는 일이었지만 제 인생에 한 획을 그어주었습니다. 신비로운 행운을 맞이하자마자 알 수 없는 악운이 다가왔습니다. 한 번의 사소한 일 덕분에 후회와 반성, 용서 등이 새롭게 정립되면서 훌쩍 커버린 제 자신이 너무나 고맙습니다. 그때의 고난은 진정으로 제 자신을 비춰 볼 수 있었던 거울이었습니다. 그 속에서 제 마음은 더 온화해졌습니다. 휠휠 던져버림으로써 또 다른 지혜를 터득하였습니다. 이제 남아있는 삶들은 더 큰 행복을 가꾸면서 살아갈 것입니다.

　이 책을 쓰는 동안은 제일 행복했습니다. 양서를 읽으면서 잡생각과 마음을 다스리고 운동을 통해 무너진 몸을 일으켜 세웠습니다. 때로는 격한 마음에서 써내려갔던, 걸레와도 같았던 초고를 볼 때면 책이 완성될지 의심스러웠습니다. 중간 중간 버려진 글도 많았습니다. 제 인생에서 부족했던 점들을 반면교사하면서 써 내려갔습니다. 제가 살아왔던 발자취를 되돌아보면서 얻었던 깨달음들이 반성문이 되었습니다. 자식들과 공유할 수 있다는 데 무척 흥분되기도 합니다. 아버지를 바라보면서 어떤 자세로 살아가야 할지만을 기억하기 바랍니다. 그래서 긴 인생이 펼쳐질 그들에게 행복하고 긍정의 삶을 영위하는 데 조그만 길잡이 역할을 할 수 있었으면 하는 바람뿐입니다.

2016년 한 해는 저를 건강하게 다시 태어나게 해 준 소중한 해였습니다.

세상에서 가장 든든한 울타리
'아버지'의 이름 아래에서
행복과 긍정의 에너지가
팡팡팡 샘솟으시기를 기원드립니다!

권선복 대표
도서출판 행복에너지 대표이사
한국정책학회 운영이사

　대한민국에서 아버지라는 이름이 갖는 의미는 남다릅니다. 오랫동안 가부장제 사회를 유지해 온 만큼 현대사회에서도 아버지는 가정 내에서, 조직에서, 사회에서 중대한 위치에 있습니다. 하지만 핵가족화와 개인주의가 심화되면서 아버지라는 이름은 점점 작아져 가는 상황입니다. 든든한 울타리로서 존경과 사랑을 받아야 할 아버지들이 힘겨운 경제상황 속에서 가정의 안위를 위해 늘 고군분투하는 사이 점차 소외되고 잊혀 가고 있습니다. 대한민국의 눈부신 발전을 이끌어 온 우리 아버지들! 어쩌면 취업과 경제난이라는 난관 앞에서 방황하는 젊은이들에게 가장 필요한 것은 그분들의 삶의 지혜와 용기가 아닐까요?

책 『아버지의 인생수첩』은 당당하게 가장이자 아버지의 길을 걸어온 저자가 두 아들은 물론, 청년들에게 전하는 삶의 지혜와 응원의 함성을 가득 담고 있습니다. 저자는 어렸을 적 힘겹고 고생스러웠던 얘기로 글을 시작합니다. 누구에게도 보여주고 싶지 않은 속살을 드러내며 아들과 대화를 시도하고자 합니다. 대화의 공감의 부재. 우리 가정에 닥친 위기를 극명히 보여주는 요즘, 용기를 내어 먼저 손을 내밀고 청년들의 어깨를 두드려 주려는 저자의 용기는, 이 시대를 살아가는 모든 아버지들에게 귀감이 될 만합니다. 또한 굴곡이 진 삶의 여정에서 위기를 이겨내기 위해 스스로 체득한 성공 노하우와 경험담은, 이제 막 세상에 첫발을 내디딘 젊은이 누구에게라도 도움이 될 만큼 알차고 든든합니다. 지금 이 시대, 우리 사회에 가장 필요한 책을 낼 기회를 주신 저자에게 큰 응원의 박수를 보냅니다.

지금은 작은 어린아이에 불과할지라도, 어른들의 세상은 몰라도 되는 학생일지라도 언젠가는 성인이 되고 결혼을 하고 가정을 이루고 자식을 낳아 부모가 되게 됩니다. 지금 당장 알 수는 없지만, 나를 낳고 길러주신 부모님이 얼마나 위대한지 깨닫게 되는 날은 반드시 옵니다. 그 위대한 아버지, 어머니가 전하는 행복한 삶을 위한 노하우와 응원의 함성을 통해 수많은 청년들이 자신들의 꿈을 성취하길 기대하오며, 이 책을 읽는 모든 독자 분들의 삶에 행복과 긍정의 에너지가 팡팡팡 샘솟으시기를 기원드립니다.

살아가는 기쁨

박찬선 지음 | 값 15,000원

책 『살아가는 기쁨』은 우리 삶이 경이로움 그 자체임을 편하고 따뜻한 문장들을 통해 전한다. 저자 박찬선 목사는 현재 안산에서 안디옥교회를 섬기며 독서 세미나 강사로 활동하고 있다. 늘 너른 마음으로 신의 뜻을 사람들에게 전해 온 만큼, 한없이 따뜻한 시선으로 아름다운 일상과 그 풍경들을 포착하여 글로 풀어낸다.

내 인생에 부치는 편지

문금용 지음 | 값 15,000원

책 『문금용 회고록 – 내 인생에 부치는 편지』는 그 위대한 국민들 중 하나였던 저자가 팔십여 년 평생의 인생역정을 감동적으로 그려낸 작품이다. 왜 우리 민족의 정서가 한이 되었는지 절감할 수 있을 만큼 힘겨운 시기를 보냈던 우리 선조들의 삶은 그자체만으로 가슴을 뭉클하게 만든다.

우리가 살아가는 하루하루가 기적이다

이승희 지음 | 값 15,000원

책 『우리가 살아가는 하루하루가 기적이다』는 2003년 국내에 들어온 한 새터민의 목숨을 건 탈북기와 대한민국에서의 새 삶에 관한 글이 담겨 있다. 여타 탈북 관련 책보다 생생하게 '참담한 북한의 현실과 탈북기'을 그려내고 있으며, 그 과정에서 가족을 잃은 저자의 사연은 보는 이의 마음을 시리게 만든다.

7인 엄마의 병영일기

**김용옥, 김혜옥, 류자, 백경숙, 조우옥, 최정애, 황원숙 지음 |
값 15,000원**

책 『7인 엄마의 병영일기』는 소중한 아들을 군에 보낸 어머니들의 마음으로부터 시작된다. 저자인 7명의 어머니들은 아들을 군에 보낸 후 '군인'에 대해 그리고 군인이 하는 일에 대해 다시 한번 깊이 생각하게 된다. 또한 생각에 그치지 않고 군인들이 하는 일을 직접 체험하며 나라를 지키는 일이 얼마나 위대한지에 대해 가슴 깊이 깨닫는다. 이 책은 군에 대한 일반인들의 잘못된 고정관념을 타파하는 것은 물론, 수십 만 국군 장병들에게 뜨거운 응원의 함성으로 전달될 것이다.

열남
김옥열 지음 | 값 15,000원

책 「열남」은 45년 전 월남전에 참전했던 저자가 당시의 치열한 전쟁 상황에서도 기록으로 남긴 육필 자료를 바탕으로 한 실화이며, 전쟁터 속에 느끼는 회한과 감정을 생생하게 그려낸 작품이다. 비장한 각오와 굳건한 의지에 몸을 맡긴 채 타국의 전쟁에 참전한 한 청년의 뜨거운 육성은 가슴 깊이 울림을 전한다.

이것이 인성이다
최익용 지음 | 값 25,000원

저자는 오랜 시간 젊은이들과 함께 호흡하며 지낸 만큼 '대한민국의 미래를 짊어진 청년들에게 가장 필요한 것은 무엇일까?'에 대해 늘 고민했다. 그리고 "인성(人性)이 무너지면 나라의 미래는 없다"라는 결론 아래 '인성교육학-이것이 인성이다' 원고의 집필을 시작했으며 각고의 노력 끝에 마침내 '한국형 인성교육해법'을 제시하였다. 특히 이번 책은 평생의 경력과 연구결과를 집대성한 작품으로 21세기 대한민국 인성 교육서의 새로운 지평을 열어줄 것으로 기대한다.

우리는 행복할 수 있을까
서덕주 지음 | 값 13,000원

「우리는 행복할 수 있을까」는 결혼 후 점점 소원해지는 부부관계와 사소한 것에서 발전하는 이혼의 원인 및 그 해결책을 담고 있다. 책은 여타 부부관계 설명서와 다르게, 정보의 단순한 나열이 아닌 소설 형식으로 문장을 풀어낸다. 그렇게 내러티브가 생동감을 부여하고 독자의 몰입도를 더욱 높여준다.

돌에도 꽃이 핀다
강현녀 지음 | 값 15,000원

책 「돌에도 꽃이 핀다」는 남성들도 버거워하는 석재사업을 30년째 이끌고 온 강현녀 사장의 성공 노하우와 인생 역정이 생생히 담겨 있다. 특히 남성의 전유물이라는 석재산업에서 편견을 깨고 성공을 거둠으로써, 현재 회사를 운영 중인 여성 사업가들에게 귀감이 되어 주고 있다. 이 책에 담긴 저자만의 사업 철학과 현장 경험은, 사업을 준비 중이거나 이제 막 사업을 시작한 이들에게 성공을 위한 하나의 이정표를 제시해 줄 것이다.

눈뜨니 마흔이더라

김건형 지음 | 값 10,000원

이 책은 우리가 살아오는 내내 지녀야 했던 존재의 고독과 아픔이 어디에서 왔는지 적요하게 탐색하는 유로클래식멤버스 김건형 단장의 시편들을 담고 있다. 50여 개국 가까이 다양한 나라를 여행하고 쓴 시들은 이국적인 배경과 언어로 가득했지만 여전히 그 시에는 삶과 사람에 대한 따스한 시선이 괴어 있다.

미국으로 간 허준 그리고 그 후

유화승 지음 | 값 15,000원

책 『미국으로 간 허준 그리고 그 후』는 『미국으로 간 허준』이 불러일으킨 국내 의료계의 긍정적인 변화상과 밝은 청사진을 그려낸다. '암 환자가 꼭 지켜야 할 다섯 가지 법칙' '침 치료의 적응증' '암 환자의 한약 복용 시 주의사항' 등 유화승 교수의 평생 연구를 집약하여 담고 있다.

부동산 투자 1년 2배의 법칙

송 순 지음 | 값 15,000원

책은 누구나 절약하여 모은 3천만 원의 종잣돈으로도 행복한 미래를 도모할 수 있는 방안을 자세히 소개한다. '부자와 가난한 사람의 차이는 무엇일까?', '샐러리맨은 부자가 불가능한가?' 등의 문제를 고민하며 소형 주거용 부동산APT에 꾸준한 투자로 거둔 '2배의 법칙'과 관련한 내용들을 한 권의 책에 담고 있다.

명강사 25시 - 고려대 명강사 최고위과정 4기

김칠주 외 19인 지음 | 값 20,000원

책 『명강사 25시 - 고려대 명강사 최고위과정 4기』에는 고려대 명강사 최고위과정 4기 수료생 20명이 전하는 '자신만의 성공 노하우, 삶의 자세와 지혜, 밝은 미래를 위한 비전' 등이 담겨 있다. 기업 대표, 어린이집 원장, 연구소 소장 등 다양한 직업을 가진 이들의 다채로운 경험담과 자기계발 노하우는 각각 독특한 재미와 감동을 선사한다.

시간과 인간의 운명정체성

박요한 지음 | 값 15,000원

이 책은 우주적 진리성이 집약되어 있는 '인간, 시간, 관계, 운명, 정체성' 열한 글자(11자)의 키워드를 통해 '진리와 깨우침'를 구하는 과정을 상세하게 담고 있다. 특히 "어찌할 바 모르고, 오늘 울며 이 땅을 걷는 청년들에게 영혼과 정신 그리고 오늘과 내일의 건강성을 일깨울 수 있는, 아프지만 살아 있는 영감과 통찰의 메시지"를 전한다.

나를 뛰게 하는 힘, 열정

윤명희 지음 | 값 15,000원

책 『나를 뛰게 하는 힘, 열정』은 19대 국회 새누리당 비례대표 3번 윤명희 국회의원의 인생역정과 앞으로의 비전을 에세이 형식으로 담고 있다. 'CEO 출신 여성 발명가' '똑 부러지는 살림꾼' '일 잘하는 국회의원' 등 다양한 수식어가 늘 따라다니는 저자의 삶은, 그 자체만으로도 꿈을 잃고 방황하는 현대인들에게 귀감이 될 만하다.

쫄지 말고 나서라

박호진 지음 | 값 15,000원

책 『쫄지 말고 나서라』 상대의 마음을 얻는 프레젠테이션』은 '좀 더 쉽게, 좀 더 효과적으로 프레젠테이션 스킬을 향상시키는 방안'을 '심리적인 문제에서부터 시작하여 디테일한 실전에 이르는 해법'을 통해 담아냈다. "거울 하나만으로 얼마든지 혼자서 훌륭한 프레젠터가 될 수 있다"는 점을 상세한 설명과 예시를 통해 전하고 있다.

엔지니어와 인문학

김방헌 지음 | 값 15,000원

책 『엔지니어와 인문학』은 평범한 삶 속에서도 반드시 얻게 되는 깨달음들을 에세이 형식으로 담고 있다. '삶은 무엇인가'라는 질문의 대답은 우리 일상 속에 있으며 우리 모두가 한 명의 위대한 철학자임을 다양한 에피소드를 통해 전한다. 인문학적 삶, 철학적 삶은 어려운 학문이나 연구가 아닌 우리의 일상 그 자체이며 아주 작은 사고의 전환만 있으면 얼마든지 일반 사람들도 향유할 수 있음을 이 책은 증명하고 있다.

하루 5분 나를 바꾸는 긍정훈련
행복에너지

'긍정훈련' 당신의 삶을 행복으로 인도할
최고의, 최후의 '멘토'

'행복에너지 권선복 대표이사'가 전하는
행복과 긍정의 에너지, 그 삶의 이야기!

권선복

도서출판 행복에너지 대표
대통령직속 지역발전위원회
문화복지 전문위원
새마을문고 서울시 강서구 회진
한국정책학회 운영이사
영상고등학교 운영위원장
아주대학교 공공정책대학원 졸
충남 논산 출생

국민 한 사람, 한 사람이 모여 큰 뜻을 이루고 그 뜻에 걸맞은 지혜
로운 대한민국이 되기 위한 긍정의 위력을 이 책에서 보았습니다.
이 책의 출간이 부디 사회 곳곳 '긍정하는 사람들'을 이끌고 나아
가 국민 전체의 앞날에 길잡이가 되어주길 기원합니다.

＊＊ 이원종 대통령직속 지역발전위원회 위원장

'하루 5분 나를 바꾸는 긍정훈련'이라는 부제에서 알 수 있듯 이 책
은 귀감이 되는 사례를 전파하여 개인에게만 머무르지 않는, 사회 전
체의 시각에 입각한 '새로운 생활에의 초대'입니다. 독자 여러분께서
는 긍정으로 무장되어 가는 자신을 발견할 수 있을 것입니다.

＊＊ 최 광 국민연금공단 이사장

권선복 지음 | 15,0